内视镜

ENDOSCOPE

吴海歌 著

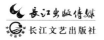
长江文艺出版社

图书在版编目（CIP）数据

内视镜 / 吴海歌著.-- 武汉：长江文艺出版社，
2024.6
ISBN 978-7-5702-3650-3

Ⅰ. ①内… Ⅱ. ①吴… Ⅲ. ①诗集－中国－当代
Ⅳ. ①I227

中国国家版本馆 CIP 数据核字（2024）第 104526 号

内视镜
NEI SHI JING

责任编辑：王成晨　　石　忆　　　　责任校对：毛季慧
封面设计：祁泽娟　　　　　　　　　　责任印制：邱　莉　　王光兴

出版：长江出版传媒　　长江文艺出版社
地址：武汉市雄楚大街 268 号　　　　邮编：430070
发行：长江文艺出版社
http://www.cjlap.com
印刷：湖北新华印务有限公司

开本：880 毫米×1230 毫米　　　1/32　　印张：12.375
版次：2024 年 6 月第 1 版　　　　　　2024 年 6 月第 1 次印刷
行数：6324 行

定价：78.00 元

吴海歌，中国作协会员，曾任重庆市永川区作协主席，现为名誉主席。有诗作和评论发表在《人民文学》《诗刊》《星星》《飞天》《清明》等刊物。出版诗集《等待花开》等6部。创办、主编《大风》诗刊。主编《1999-2005中国新诗金碟回放》《中国·大风十年诗选》《大风丛书》《百年新诗2017精品选读》等。

回望：以反思的眼光打量来时路

——序吴海歌诗集《内视镜》

蒋登科

　　海歌兄编选了一部个人诗集《内视镜》，嘱我写几句话。作为相识多年的诗友，对他的这点要求，我实在不便推辞。

　　从年龄上说，吴海歌长我一轮，在读到这本书稿子的时候，他已经进入了古稀之年。这本诗集可能是他对这个年龄的特别纪念。

　　在谈海歌兄的作品之前，我觉得有必要先谈谈他这个人。

　　我和海歌兄认识已经超过三十年。20世纪90年代初，我在出版社朋友的支持下，编辑出版了"中国跨世纪诗丛"，总共出版了两套四十种。吴海歌当时使用的是本名吴修祥，他好像是通过诗人钟代华联系我的，提供了他的诗集《剪下一片鸟啼》的稿件。于是，我无意中推出了他的第一部诗集。现在回想起来，那两套书确实为一些诗人提供了出版诗集的机会，好几位诗人因此出版了他们的第一部诗集，其中包括姜耕玉、雨田、凸凹、钟代华、肖正民、刘浪（赵永富），等等。那时候年轻，精力旺盛，为了编稿子、校稿子，熬通宵是常有的事。现在想想，还是挺值得的，毕竟在年轻的时候因为诗歌而"疯狂"过，留下了一份充满诗意的回忆。

在那之后，我就和吴修祥保持着联系。后来他使用了吴海歌的笔名。2003年12月，海歌已经年过半百，但他对诗歌的热情一点没有衰减，和一些诗人共同创办了诗刊《大风》，自筹资金编辑出版刊物，为诗人、诗歌爱好者提供发表园地，也为读者提供优秀的诗歌文本。该刊视野比较开阔，发表了不少名家的作品，也发现和培养了一些诗歌新人，作品经常被一些知名的诗歌刊物选载。他们还举行过《大风》的创作交流会，并依托刊物编辑出版了《中国·大风十年诗选》《大风丛书》等图书，为诗歌的发展做出了自己的贡献。据我了解，海歌并不是非常富有的人，但为了诗歌，他确实舍得付出，这样的精神值得爱好诗歌的人们点赞。新诗正是在大量的吴海歌式的诗人的奉献与努力下，才有了不断成长的氛围，才能够不断取得进步，不断给诗歌爱好者带来希望。

海歌兄为诗歌做了很多事情，主要还是因为他自己是诗人。他对诗歌的那种执着让人敬佩。就我的感受，海歌不属于特别有天赋的诗人，他在1985年才开始创作，当时已经年过三十。在这样的年龄，很多诗人已经创作了大量的作品，甚至写出了自己的成名作、代表作。海歌兄应该属于大器晚成的诗人，但他一直坚持着，从来没有放弃。《内视镜》收录的是诗人在2014—2023年创作的部分作品，十年时间，他选择了三百首诗，数量不少，但和那些动辄一年写诗数百首的写作者相比，似乎也不算多。我注意到一个现象，每个年份收录的作品并不均衡，有几年只有一首，而有几年近百首，这个落差或许可以给我们提供一些有趣的信息。一个诗人的创作在数量上可能存在多寡不同的时段，这或许与诗人在不同时期的处境、心态等有关，有时会激情飞扬，落笔成篇，有时又会暂时停笔。这种暂时的停笔，不是诗人远离了诗歌，而是他可能在思考一些相关的问题，比如对自己的探索进行反思，或者酝酿新的突破。另外，我发现，距离我们越远的年份，入选的作品越少，2014年选了二首，2015年只选了一首，2017年只有十首。对于海歌兄这样勤奋的诗人，我不相信他在那些年份就只创作了那么少的作品。于是我想到了诗人对待自己作品的态度。就初衷来看，每个写作者在创作的时候肯定都是用心用情在，但用心用情的作品不一定都能成为自己满意的作品。不少诗人在总结自己创作历程的时候，会不断重读，不断总结，而随着时间的流逝、视野的拓展和艺术的发展，他们往往会对自己的作品要求越来越高，甚至用新近的眼光打量曾经的探索，对于那些在艺术上不够满意的作品，可能就不会收入诗集、文集。对于优秀的诗人来说，越到后来，这种情况出现的概率可能就越高。诗人傅天琳出版了二十多部诗集，但她在晚年编选诗选的时候，只选了99首自己觉得满意的作品，于是有了《傅天琳诗歌99》。其实，她最初选了一百首，但觉得太"满"了，最终删除了一首。这种几乎严苛的挑选，体现了诗人对诗歌艺术的尊重。

清代诗人袁枚说："莺老莫调舌，人老莫作诗；往往精神衰，重复多繁词。"意思是说，诗歌是属于青春的，是年轻人的事业，到了老年之后，生命活力下降，精神状态也开始衰退，就不要写了，因为写出来的文字也缺乏诗意，大多是重复过去的感悟。就诗歌的特征来看，这种说法不无道理，但它似乎又不太适合现代诗歌的发展。有一些诗人，可以不受年龄的影响（或者说影响很小），一直保持着良好的心态、良好的感悟能力和表达能力，不会面临"精神衰"的情形，即使到了老年，照样有激情，有活力，可以写出优秀的诗篇。

智性书写是吴海歌十年诗歌的主要思维和表达方式。智性其实是带有一定理性思辨的，与诗歌的感悟性存在较大距离，但在这个年龄，经历、积累、思考已经到达了一定的深度与广度，形成了成熟的世界观、人生观，以诗的方式把这些观念表达出来，而不是逻辑式地推演出来，可以为诗歌提供厚实的底蕴。比如《挖掘机》，诗人通过"挖掘"的动作，想象一切被埋藏的事物、精神、思想露出自身所带给作者的感受："将僵死，化为活物/将躺下，掘成站立/将埋没，掘成袒露于天地的黄金"，在诗人那里，挖掘其实是从隐藏走向敞亮，从埋葬走向解放的过程。这种理念远远超出了"挖掘"本身，融进了诗人对历史、现实、人生、真理等的思考与期盼。从艺术上讲，诗人在表达自己情感的时候，尽可能超越内涵相似的感性，而是融入理性思考。对于年龄相对大一些的诗人来说，这种方式可以把自己的人生思考加入作品中，可以避免因为感觉力的变化而出现的呆板化、同质化、重复性等不足。

与一般的感受型书写不同，智性书写追求底蕴的厚度、视野的广度、思想的深度，这恰好和诗人的人生阅历、知识积累形成了一种正向的对应关系。向深处挖掘是吴海歌近年来诗歌探索的一个重要向度。在这个年龄，他的思想没有僵化，思维没有模式化，无论是打量历史、现实，还是感悟人生、生命，他总是尽可能摆脱表面的观感，尽力抓住历史、现实、生命中的普适性内涵，抒写他所感悟的人生哲理。比如《浪花》的蕴含超出了"浪花"本身："无论是浪还是花/都假得像真的一样/当我把这两个字写完/它已经死亡/向我呈现深渊的模样"，击中诗人的"浪花"已经不是浪花，而是经历了"死亡"之后的重生，呈现出"深渊的模样"，这样的表达已经不是表面的感受了，而是和现实、生命密切相关的体验，是一种物我合一、物为我用的重新赋能。这是一种艺术之能、生命之能。《我与逃离的锁》想象新奇，建构了一个住在锁孔的场景，并由此书写了一种特殊的体验：

　　　　住在锁孔，和所有

　　　　住在锁孔中的人一样

　　　　期待钥匙把自己打开

　　　　心情矛糅

　　　　既有期待，也有恐惧和拒绝

　　　　这个世界，拿到钥匙的

　　　　不一定是自己

　　　　既有诚实的，也有不轨之人

我担心，住在锁孔中

被逮出来，定什么罪

锁是自己的锁

门是自己的门

但常常听到别人在掏钥匙

我和锁，同时想到逃离

　　以小见大，以物观人，诗人通过"锁孔"这个小切口，感受到的是人性的复杂，也是自己内心的担忧，甚至包含着一丝恐惧。其实诗人所写的就是人生，就是现实，就是内心中对现实、人生的一种诗意的判断。我们由此读出了现实与人生的复杂，读出了诗人内心的期待与悲凉，读出了诗人的深度。

　　诗歌创新的路径很多，可以来源于独特的阅历、丰富的想象、别样的语言、深刻的思想，也可以来源于超越常识的发现……任何一个方面都可以给诗歌带来新意。当然，如果能够在多个方面都体现出独到之处，这样的诗就可以更好地展示出诗人在艺术上的辨识度。吴海歌近年的诗歌写作，在上面这些方面都有所体现，但更为明显的是他在思维方式上的转变。反思，成为他诗歌探索中的亮点之一。这种方式，非常适合具有丰富阅历的年龄阶段。丰富的阅历业已定型，人生旅途上的一切都可以成为他观照的对象。他并不是顺着常态的思路去回顾，而是对经历的一切、面对的一些、思考的一切，都进行多侧面思考，尤其是以反思的方式云打量，由此获得和过去和他人不一样的诗意发现。我们在上面提到的这些作品，其实都包含着这种思维和逻辑。

当然，我并不认为海歌兄的探索已经达到了某种程度的完美。或许是在思维上形成了某种新的定式，他的有些作品在呈现方式、话语方式、文本结构等方面存在一定的同质化倾向，只是换了场景，换了意象。有些作品还可以进一步打磨，尤其是要把控好语言上的节制。因此，我还是坚持自己对诗歌创作的一个看法，除非天赋极高的写作者或者遇到了难以重复的神来之笔，大多数作品在创作之后，都应该有一段冷处理的时间，这段时间是用来对初稿进行重读、重审的。这个重读、重审的过程其实就是通过不断删改、打磨甚至改写、重写，使文本不断走向精细化、精致化的过程。在这方面，海歌兄投入了很多精力，他试图通过自我回望，避免思维方式的重复化、同质化。

在诗歌界，有些诗人和学者按照诗人的年龄及其作品的艺术特点，提出过青春写作、中年写作等概念。在坚持举办青春诗会的同时，《诗刊》社在十多年前开始举办"青春回眸"诗会，遴选年龄超过五十岁而且不断创作出好诗的优秀诗人，共同探讨这个特殊年龄段的艺术感悟和诗歌创作。十多年来，"青春回眸"诗会已经取得了丰硕的成果，成为《诗刊》社的又一个品牌活动。吴海歌的这部诗集恰好是化六一岁之后的艺术收获，在年龄上介于中年写作和老年写作之间，我们可以看出，他对人生的感悟、思考，他的诗美发现、表达，似乎并没有老化之感，而是用一颗赤诚之心，反思曾经走过的路，具有浓郁的批判意味，"内视镜"这个名字用得不错，其实是对自己的人生与创作的一次新的探索。他甚至在很多作品中思考生与死，从历史写到现实，从自然写到人，从空间写到时间，诗人意识到死亡是生命的必然，并敢于坦然面对。这是诗人由中年写作转向老年写作的一种预演，在那之后，海歌兄诗歌中的回望、重审、反思元素就越来越多，逐渐进入到另一个创作时期。

我相信，一个真正爱诗之人是不会停下对诗歌艺术的探索的。不过，我们又必须承认，随着年龄的不断增长，每个人都会在诗美感受力、语言敏锐性等方面逐渐出现钝化的情形。面对这种变化，如果还要继续写诗，诗人就有必要转换切入方式，另寻他途，比如在拓展深度、扩视物显大症之野等方面投入更多的精力。

我猜测，海歌兄是不会在有生之年停下诗歌写作的，他一定会根据自己的情况，努力摸索新的诗路。我们期待他在诗歌的"老年"写作中为我们提供更多可资借鉴的艺术经验。

2023 年 4 月 7 日至 5 月 3 日，断断续续草于重庆之北

（蒋登科，文学博士，中国作家协会会员，西南大学中国新诗研究所教授，博士生导师，兼任重庆市作家协会副主席、中国诗歌学会常务理事等。）

目录

第一辑　挖掘机（2014）

搅拌机　003

挖掘机　005

第二辑　大山的舌头（2016）

大山的舌头　009

第三辑　也是茶（2017）

大脑内外　013

爬台州布袋山　015

与诗友一起沐浴　017

独立　018

也是茶　019

清晨　021

第四辑　把丢失的天空捡起来（2018）

劈开　025

人心与纽扣　027

把丢失的天空捡起来　028

时光合流　030

对峙　032

闯磁湖　034

落日　036

第五辑　弹奏者（2019）

白孔雀　039

孤独者　040

走近桃花　041

冷焰　042

浪花　043

绕行　044

第六辑　追寻（2020）

雪花　049

追寻　050

我与逃离的锁　052

那只鸟　054

风吹　055

隐身　056

问　057

搬　058

羊　060

探进　061

掏空自己的蝉　062

金桂　064

养　066

午夜　067

一张脸　068

活着　070

沉睡与挖掘　072

镇纸　074

一棵练习写作的树　076

逃　078

窗景　079

夜半　081

在研　082

预设　084

漫步者　085

晨鸟　086

惑　087

追逐　089

打孔　091

吃　093

海滩　095

转　097

第七辑　把内视镜探入声音内部（2021）

清洗　101

超现实的雨　103

夜晚的火车　104

风暴如花蕾　106

风雨人生　107

坐在小溪旁　109

从内部点灯　110

带锁飞行　112

剥　114

风来了无数次　117

心中养着一条河流　119

坠入众多谈论中　121

父亲召集我们开会　122

储物柜　124

躺在羊的身体里　126

从旧我中走出来　127

月亮和我一样失眠　128

叩问　129

影子重如铁　131

从墨池升起来　133

一队人马　134

在瓢虫和棉虫之间　135

想到绿林中安静的墓穴　136

多次看到窗帘　138

照镜子　140

我的手臂　141

一张空网贴地而行　142

追念袁隆平　144

进入雪的六角形　146

流泻　147

再说雪花　148

雪地里的乌鸦　149

你的岸是什么　151

果实悬空　153

读一幅画　154

期待　155

一条特殊的河流　156

一张被风吹动的照片　158

孤独的雨　160

什么样的爱比得上这藤蔓　162

走动　165

树根　167

种子在哪里　169

枝条飞扬　170

不能总是顺着风吧　171

雨是有方向的　173

种玫瑰的人　174

无法画出本身的样子　176

路边的野花　178

一个失眠的夜拿什么去填充　179

把一个人从人中抽离会怎样　180

如果乌鸦无限扩大　181

飞　182

虎　184

马　186

蝉　187

钥匙　189

任何一条线都由点形成　190

任何一个物件内都有一把锁　192

停顿会引来什么　194

凌晨四点　196

一个人的多面组成一个人　197

第八辑　再说吻（2022）

给酒写一封信　201

根茎　202

距离　203

风来过 204

两个物体间 205

分离 206

冬瓜地 207

收藏 208

在酒中提取音乐 209

家具 210

雨水 211

寻找 212

另一种温情 214

孤独 215

堆 216

寂 218

塑 219

窗未开启 220

睡去 221

给母亲洗头 222

老屋 225

声音与蚊虫 227

读诗 228

夜 229

作为阴影存在着 230

形式 231

大雨 232

对音乐说点什么 233

对水中的波纹无法把握　235

在广袤的背景下　236

人在奔跑时　237

她与父亲　239

凌晨　241

提着清风　242

说问题　243

提到雪　245

我与石头　246

画像　248

一缕音韵　249

看见她　251

一切都在离开　253

把自己唱成空巢　254

尖叫　255

穿越　256

一生最大的收获是想象力　257

一生中能遇到几个自己　258

给净水器换滤芯　260

求证　262

一首诗不够就续写一首　264

在诗歌里看见什么　266

轻与重　268

承续　269

消失　270

早晨　271

语言在路上　272

关于时间　273

镜子有还原空白的能力　275

有一盏灯在跟着自己走　277

老路重拾　278

在一粒种子里打转　280

谈谈具体的丢失　281

谁　283

一首诗一经诞生　285

茶竹流韵　286

扼住自己　289

想到幸运这个词　290

第九辑　一粒谷种（2023）

并非沉默　293

在大足宝顶　295

跟着月亮而来　297

一片树叶　298

在我身上存款的人　300

放弃与覆盖　301

一声狗吠　303

心中有词　304

一粒谷种　306

庸常生活　308

重提消失　311

触摸　312

空缺　314

我手里有一把钥匙　316

花扣与叹息　317

我处在鸟叫和猫叫之间　318

一丝微笑　320

在蝉鸣里挖出对抗和热　323

一根琴弦　325

变化　327

在天空飞行的鸟　329

一个结　331

今天　334

我们之间　336

昆仑　337

那句话　338

早晨，我用 10 分钟写诗　340

看不见林子　342

我在体内挖矿　344

一个下午　347

掉落到树枝上的雨滴　349

读名画《陶》　351

乡坝　353

对望　355

要什么　358

脚印　360

表情就是语词　362

蜜里有个虫　363

附：评论

对一个字的偏爱／刘清泉　367

第一辑

挖掘机（2014）

搅拌机

埋葬和重置岁月
搅拌机,搅动星月。搅动昨天和今日
人影,在搅拌机里翻滚
同水泥、沙子、时光,和幻觉
一并搅和

在砖石之间,逐渐累积
像无爱的人,走向深爱
像真实之自我,走向虚无和非我

影子,和所有芝露般的人流,被搅拌
模糊成一种意识
——欲望

经铁口吐出。经传输带、脚手架
振动器、灰刀,浇筑成规则的板块
楼群,建筑在楼群之上

搅动未来。黑白阴阳
在按钮中,被控制
上帝,向人类发送冥币

群兽奔突。王者，死于王手

恨从爱生。死，在生之人群中传递
生死交换着出入口

我们无法挣脱，搅拌的旋转
月色昏暗，星坠如雨
万物灭于此时，生于此时

2014. 06. 14

挖掘机

1

挖掘机，将自己挖出
颓败的城池。被埋葬的诗歌
枯朽的人骨。滚动的头颅
被挖出
花朵开放，似饥渴的杯子

时间倒毙
砖坯、水泥、玻璃、钢筋，从死亡中复活
欲望的器乐，组合成
新的城市群体

2

挖到果核内部。铁，被果肉咬伤
水中的铁。月光中的铁
——挖掘机的手臂

3

掏着大地的心脏、经脉、思想
眼球，爬到楼房的枝丫上，眺望远方

死亡的音符
闪烁如群星

4

将僵死，化为活物
将躺下，掘成站立
将埋没，掘成袒露于天地的黄金

5

向远、向近，都与挖掘有关
它挖，我喊
声音，贴在玻璃上

挖掘机的手臂，在玻璃内部
掏着火焰，和冰

2014. 11. 02 改定

第二辑

大山的舌头（2016）

大山的舌头

山崖上端，横伸出一块巨石
像怪兽的舌头
数万年了，没瓦它收回去
它品尝着风的味道
鸟和鸟粪的味道
阳光的味道

月亮，坐到它的舌头上
雷霆和闪电，也来玩耍格斗
舌头的坚韧，战胜了雷电的凶狠

像一把刀，割裂了时间和风
对于蚂蚁，它格外怜爱
蚂蚁跳舞，立誓言
搬运粮食，造屋
舌头品尝着快乐，也吞咽着忧伤

今天，我看到一群少年
在舌头上探险
舌头薄如刀片
下方是深谷，流水轰响

风是阴冷的，剧烈地吹送

像一个魔鬼

年轻人饱经风霜，却收获了胆量

他们在舌头上长大，变老

那舌头，只讲自然法则

很多人愿意上去，享受冒险

2016. 09. 15

第三辑

也是茶（2017）

大脑内外

现实在大脑外，非现实在大脑内
两个世界被头盖骨隔开

现实驱动我起床
去迎接早上八点钟的光明——
期待已久的事物
昨天的步骤，在今天仍要重复一遍
洗漱，吃早餐。牛奶与鸡蛋
到胃里去走一遭

迎接开门的哐当声
迎接第一声猫叫
把昨天在头脑中勾画的事情，拿出来兑现

礼包送给客人。客气话送给早晨
祝福送给待嫁女
把未来的日子留给庆典
一切都为准备，而准备

好日子将迅速穿过我们的身体
像穿过烟花、礼炮之声

我们有一个燃烧的尾巴

头脑里的世界是个超念
非现实的天空，仍在现实飞翔
我们在坐观自己
内心的花朵，超然于现实的花朵

我们在内心微笑
到现实中换一副嘴脸
面对风霜，将自己化为黑铁

我们切割着所有乌有之物
一如切割空气，和未知

2017. 02. 18

爬台州冇袋山

在崖壁上，我救了一回苔藓
穿了一次瀑布

我把自己分发给冒险
攀岩附壁。谷深雾锁
山洪若此暴发，我将无路可逃

攀爬于布袋中，受控于弥勒佛
束与放，由不得自己

我看到仙女化为瀑布
凸凹尽显，飘然欲飞
看狮子受戒，化成石头
看人间，在天上
布袋山里走出个布袋坑村
和谐似桃园。鱼虾养清泉流石
文化传天庭。油画垒石屋
画中人跑出来，与客人打招呼
招待我们吃山泉水点豆花

在卫星图像的俯瞰下

有兽如卵石。有竹似流烟。有人成雕塑

受佛感化——
布袋坑村的溪流上，我救起了一只落水螳螂

2017.09.23，午夜 11：50

与诗友一起沐浴

与诗友爬方口山
把两千步石阶踩入地下
汗水浇灌心上的太阳
到一座小庙
赶上一座大庙

步步逼近天庭
在云层之上，该净身了
六十载尘土压得我直不起腰
到此刻，才真正站立起来

正好有天池横在眼前
池水将我们安顿洗净
用刚沏的碧螺春
对应新写的诗歌
我们在清风中沐浴享用

当内心洗净之后
我们才一起下山

2017.09.24

独　立

清空思想，独立于苍茫
像一根空烟囱

像空烟囱那样，面对远方的煤
思考
面对空空的四野
无语的山、恼人的山麻雀思考
风围猎我。对于空烟囱
无法撼动和推移

独立于各种纷扰之外
但他仍有自己的思想
清空思想之后的思想
为一根空烟囱感到愉悦
可以飞
感到自己更接近煤

不用搬运。只用想象——
"多好的煤啊！"我想

2017. 10. 09

也是茶
—— 应金铃子聊茶

雨落到茶碗里，经历了许多。

喝到风雨雷电。而雨起于海。从于磨难。
以碎裂之身，漂泊旷宇。
有起有落。有凉有热。
孤苦一生，最终熬炼得洁净。

茶碗接住的不是沸扬的水，而是漂泊的雨。
经历了很多。可淡可咸。
凄苦一生，化虚泪夺眶而出。
滴落在茶碗里。这也是雨。
雨落苍穹，漂流内心。

喝大碗茶。喝剑气。
强压那曲折，忽略现实的苦痛。
雨水告诉我，它经历了许多。

无雨不成茶。茶雨缘深如苦难幽居之人。
绝尘埃。远小人。独善其身。
品茶者，品自身。

雨水进茶碗，却只见水不见雨。

流动漂泊，隐了，散了，化了。

化在一碗沸水中。

剑气何来？只见一碗仙气。

一碗的泪水沸扬。

2017. 10. 13

清　晨

天初亮，饭菜做好
拉开窗帘，汽车轮子摩擦路面声涌进室内
天幕铅灰缓慢变白。星星隐到幕后
太阳登场稍待时辰

二十三楼。望
鸟影罕至，鸟鸣奢侈
女儿梳妆，仿若鸟雀

桌子和凳子静静等待
饭菜呼唤：趁热吃了
赶紧上班

从重庆北到观音桥
去是一根弦，回是一根弦
弹奏愉悦，也弹忧伤
望着女儿上班的背影
我坐沙发上，陷入沉思

她的现在就是我的过去
人生如烛，日新消融

猛抬头，从忧伤中回过神来
毕竟太阳就要出来
新的一天，给自己加油充电

看对面青山花木正茂
熟悉的影子和芬芳
期待我去欣赏
做一回陶渊明，赴一百次南山
也不枉我，追梦诗人

2017. 11. 06

第四辑

把丢失的天空捡起来（2018）

劈　开

把一棵树劈开，看生死轮回。

——题记

它乐意被剖开
因为，它憋屈太久
它想飞。想燃烧。想畅游大海

活着的，充满身体的，沉寂的火
身体里的鸟、影子和清冽的叫声
拿去吧
它们让我热爱一生

内心的猫叫，失散多年的同类
用你的刨子，把它挖出来
让它在死亡中获得新生
唯一深爱的斧头，前世的情人
眼睛漂亮，嘴唇锋利
我看到你的需要
把我的渴望拿去吧
与火焰共舞，在灰烬里出没

哦看官！想从我身体分取点什么
找木匠吧
他能把你的想法做成需要的样子
比如床，一只在浩瀚中行走的船
比如凳子，可以把时间坐成巨人

面对木匠，我是一具裸体
举着童人般的火焰

2018.01.09

人心与纽扣

这里或能找到直抵终端的虫洞
穿过人兽的若干防护返古
须打通这道门

生与死在穿越的两头
血养的红光在淬入口透射
像掘井
挖出雨水与流沙的历史

一枚纽扣与一粒星星
距离如此接近
仿佛天空在一件衣服内
如心脏在胸腔内

透过纽扣的隧道
照见人兽两面
解开纽扣
从岩层中凿出光明之神
我们进入拯救之道

2018. 01. 19

把丢失的天空捡起来

一个人应该不止一个天空
习惯于抬头看星星
这个天空是共有的。而我
占有一席之地
在我抬头时，望见我正飞向苍穹
彼此越来越陌生

我们至少有五个天空——
最初的出生地，在一枚受精卵里
好比鸟蛋，无限地扩大
能见到蛋青色天空
蛋黄色太阳
而自己，却处于混沌中

宇宙，如一枚鸟蛋
构成几乎一样

还有镜子的天空，湖泊的天空
我们的影子，向深空飞去

我们还互为天空

你如庙宇的眸子，装着我
我多么渺小啊
坠入没有尽头的隧道

现在，我把五个天空拼在一块
说不清哪个更大
哪个与我更接近

我站在这儿说话
他在那儿眨眼睛
似曾相识，又不能确定

他们在另一个世界
只能凭借记忆，找回远去的我
我们越来越小，几乎小过尘埃

2018.01.19

时光合流

船体沉没腐烂，水还清亮着
我们看到旧时光的汹涌与寂灭
看到时光剥蚀事物的犀利
它在削着记忆
将我们剥蚀，直至全部消除

人的脸上淌着青光
而船骸暗显
腐烂继续。消失与新生不可逆转

观流水如观自身
我们在航行中不断沉沦
与时光相互耗着，磨着
彼此都很亮

但抵抗只是空耗
我们加入时光合流
像雨滴，融入滔滔江河

我们被磨成刀片

终将被时光流水，吞噬净尽

2018.02.18

对　峙

与一座孤山对峙
雪陪着我
飘着的，给我披上死亡
卧着的还不想死
聆听脚下海子的诗歌
脚印长出青草
青草上有眼泪
一些石头飞起来
被岁月削尖，射向活着的人

拿他过世的诗句取暖
绝望是燃烧的柴火
青稞即使深埋地下
也要酿成香浓的窖酒

坐成石头是我所愿
被群羊践踏是我修世的幸福

群花飞舞，为世界祝福
安静，似地平线延伸
没有尽头就是我的尽头

没有根我自成为根

就像这座孤山，必将坐化成佛

2018.03.15

闯磁湖

带着无知撞入黄石
碎裂带给我惊喜
仿佛破开石头
见到呼吸的翅膀
我的误撞，获得惊异的发现
漾动的透明的湖泽
外部看似坚硬平淡
内部却深藏着柔软与危险

我看到水与皮肤，壳与肉的真实
感受到被拒绝被诱惑
哪怕是一丝波纹
都可能制造出一个故事，一段历史

寂灭是一种假象
生与死在延续
以影子切入，以心打探
找出一条进入内部的道路
然而，我的耐心
不及一脉青山
不及鱼虾对危险和平静的诠释

我被突如其来的风雨击溃

说它是石头的肺
没什么奇怪
柔软的组织被一枚黄石包裹
起伏呼吸，跌宕危险
胸廓内部的风暴，隐而不见

黄石怀磁。磁化为水
水积为湖
我疑惑，又惊异于发现
出乎意料地，砭石而入

我看到东坡的一叶扁舟
被湖面的风雨倾灭。又复生

2018.04.15

注：磁湖位于湖北省黄石市区中心，面积约 10 平方公里。

落　日

这落日落进很多人的身体
而很多人会遗忘

落日的沉降把山峦抬高
树的泼墨也会随之抬高
就像我老去，反衬出你年轻
你向上，我向下

百年后，我会沉寂在深土
与树根喋喋不休
而你会来凑热闹，在坟头插花束
招惹风声鸟啼

过往如风。这抔黄土记得你
会通过量子通信，传递给我
不枉初识……

落日，还在继续往下落

2018. 05. 31

第五辑

弹奏者（2019）

白孔雀

我们过了歌唱的时辰
正把穿旧的衣衫脱去清洗
远看着骄傲却骄傲不起来

看铁网中的白孔雀
白得不染一点尘俗
却在追逐中展开尾羽

我的镜头摄下骄傲
而我却无法编织骄傲的理由

天天散步在青山
寻找那些开花的骄傲
樱花灿烂追灭桃树
又有杜鹃悄悄赶来

我几乎被骄傲淹灭
宠物比我更拥有摇头摆尾的资源
它们在竞价中不断抬高身位
这骄傲之重，把我的头颅压低

2019. 04. 01

孤独者

凡有灵性者离他而去
风见缝而入
从内心掏出阴影，代替自己说话
这些死者在说话
花朵死了成为阴影
爱情溃散，去找未来之人附体

自己与木雕相互印证
过往的岁月，笑在丧失之夜

坐在碎裂之上，自己也在碎裂
以孤独为峰
无言即为有言
无心即为有心
他方逃逸者，能否认识另一个自己
或另一个曾经的相好

他死了。死在遗忘里

2019.04.06

走近桃花

能感觉到我的呼吸，和临近的脚步
它的屹立恰逢春天
花瓣开得很张扬
它知道我是惜花之人
并不具有危险

不像蝴蝶，到处打探消息
消息像是染上瘟疫
不像蜜蜂，容易坠入旋涡
而不思悔改

它聆听着我的脚步
知道我是惜花之人
不具有任何危险
手里拿一部能摄拍的手机
心里揣一本无字之书
眼含赞许，像有诗句喷吐而出

2019.04.17

冷　焰

无法将自己从火焰中剥离出来
就像无法将雨水
从河流中剥离出来一样
我们是雪，参与了一场雪崩
在踩踏中制造了一场灾难

默默地细数寒冷，和嚓、嚓——
来自天外的踩踏声

我们飞跃，从大海到峰岭
我们飘浮，坠落在茫茫雪野
把自己堆成雪冢
等待分裂、融化、消失

踩踏声来自天外
而毁灭来自怨，或一双翅膀

2019. 12. 14

浪　花

我在想到浪花时
它迸溅
当写到浪时
它摇摆
写到花时，它句珠玉
将我击中

无论是浪还是花
都假得像真的一样
当我把这两个字写完
它已经死亡
向我呈现深渊的模样

2019. 12. 16

绕　行

绕过自己，去到前世
又回到今生
就像此时，我绕过一棵树

我发现，蹲在树枝上的喜鹊离去
又飞来了乌鸦
它在清算，这棵树
掉落了多少片叶子
冒出了几条新枝

它似乎，蹲在上面
不肯离去
想看一棵树，如何从表面
到内心
颓废着老去

而绕行在树旁的人
与乌鸦对视
又相互避开
他们都有走进对方的冲动
就像一瞥亮光

杀入密林

回到内心端坐
我的外表．就像一只乌鸦

2019. 12. 24

第六辑

追寻（2020）

雪　花

最难养的是雪花
易逝，能飞
花瓣柔软、锋利

我收藏了几场大雪
在大雪之上
大雪之下
我醒来，却不见它的踪影

但它又时时提醒我
它在我的左右
它的翅膀曾载我误入太虚

最难养的花，却令我
念想最深
敲击骨髓，似有它的回声

收藏了几场大雪
全部从我的骨缝溜走
留一些冷，终年未化

2020.01.06

追 寻

尾随一个人，朝地铁走去
我在研究，她的翅膀藏在何处

我始终觉得，她藏起来的
不止一对翅膀
也不止一种
或许，有雏鹰的、鸽子的
或鸳鸯的

她的鸟的喙，也被藏了起来
也许就在腮的某处

翅膀，在原生翅膀以内的地方
或在肺里、肋下

此时，我发现
她还有一对
企鹅的翅膀，藏在羽绒服内

广场空阔之地
雨雪纷扰

我们迅速走入地下
进入一条大虫为

我是一个喜欢研究内部的人
追随她
像在追寻一个　淖失易变的爱情

2020. 01. 08

我与逃离的锁

走进锁孔是什么感觉
除了风声，还将听到什么

自己会痛会恐惧
会想到逃离
也会永远安静地住下去

住在锁孔里
感觉外面的世界
是不是更开阔更安全些

然而不！锁越多
锁的鸣叫越明亮
而夜的黑
会惊恐地缩成一团
像角落里伺机作案的贼

住在锁孔，和所有
住在锁孔中的人一样
期待钥匙把自己打开
心情杂糅

既有期待，也有恐惧和拒绝

这个世界，拿到钥匙的
不一定是自己
既有诚实的，也有不轨之人

我担心，信在锁孔中
被逮出来，定什么罪

锁是自己的锁
门是自己的门
但常常听到别人在掏钥匙
我和锁，同时想到逃离

2020. 01. 15

那只鸟

那只鸟，在琴弦上站稳
扑棱一声，又飞去
挂在门环上
何时，它学会了敲门
偷看我的锁眼

那只鸟，变成了一枚纽扣
扣在起伏的胸脯上
秘密在扣眼里
被针线锁着

那只鸟，为什么飞个不停
音韵无限扩大
使我不着边际
穿过我，如穿过无人之境

我处于困倦和迷惑
在那只鸟的阴影中
啾啾，啾啾——
我何时，又学会了鸟叫

2020.01.22

风 吹

我在构想一首诗时，诗远离我
风在远处酝酿。它将吹向谁

向树，向一棵美人蕉
向蝴蝶的花衣，弯下透明的身子
无论怎样扭动，都是诚挚的表达

我想写一首诗。风，真的来了
卷起我如一阵花香，我不能自持

不能指认某位，就是我的相知
就是我，想要的吹拂者

我在构想一首诗时，这首诗还不是诗
只是一些散乱的文字，被风席卷着

2020. 04. 17

隐　身

深夜，我驾一列火车
抵达圣女的思想
与一枝荷花互诉衷肠

无欲，无痛，无眠
便是这列火车的全部

墨水啊，锻造了它的轮子
和内外结构
力在它中心

我一再地缩小，直到消失
但这列火车，仍在轰隆隆地前进着

2020.04.23

问

一个人心中，究竟有多少落叶
虫鸣声堆积在何处

我搬动着大脑。横体为琴
竖身为号。用声音挖掘，自问自答

一棵树为什么走成我的模样
我想掏出什么？而暗影是掏不完的
就让它留下一点，与虫声为伴

落叶很好。我用它做窝，温床
它会发声。与树梢对话，时噪时寂

一棵树在移动着大雪
也在移动着一群鸟声

2020.05.03，凌晨 6：50

搬

我们是自己的搬运工，整天忙碌着
搬运生生灭灭，是是非非
爱情变脸。恨怨裂开石头
鞭痕中，抽出鞭子

我们在不停地搬运和种植
这开花，或不开花的种子
我们搬运芽，疼痛的生与死

从雪冢掏出酷暑。从火罐扒出冰
多么忙碌的昏聩啊

在体内搬运楼梯，竖起或放倒
把一些秘密从此搬到彼
眼神呀，口红呀
从青春的肉里，搬到辽阔的秋风

忙呀！忙着制造谎言和诅咒
搬到熟睡的人间
搬到月亮上去。那里有寂寞
无所事事的吴刚，放下斧子

与我们一起

搬出嫦娥。再搬出一袭霓裳

太累了！把自己搬到一块青石上

旁边有野花陪伴。再把野花搬入梦中

2020.05.13，凌晨7：23

羊

羊儿的嘴，多么温柔啊
吃草，吃得那么小心
似乎要看清草叶，是否长有眼睛
是否有痛苦在呻吟

一蓬草连成一片草原
是不是等一群羊插足
一季春连成一片绿
是不是等一波白续一波白
这温柔与怜惜，是不是羊与草
相互顾忌和念想

无法想象，没有羊的草何有来世
这草长一生的意义何在
没有与羊的鼻息交织和吻别的草
还能叫草原的草吗

羊儿把柔软，铺在柔软的身体
牧鞭不忍落下

2020.05.13，11：48

探　进

从林间走过。小道盘旋

一茬茬落叶铺在道路上，相互贴紧，又稍稍松开

对路人的踩踏并不记恨。生死途中，必须选择遗忘

清扫道路的姐妹挥动扫帚，把落叶一车车装走

我没有深问落叶们，是否愿意或者反对

我仿佛看到，清扫道路的人

自身的叶子，从头往脚簌簌落下

她们弯腰的样子，是想把落叶当镜子，还是回家的路

挥动扫帚，把落叶扫走

地面出现亮光。她们循着亮光，向远处走去

2020.05.15，凌晨 4：57

掏空自己的蝉

时间被蝉的咝咝声掏空。我被置换进去
观看它掏出的颜色、质地，抛向哪里

它隐藏在树枝，化成树的皮肤鸣叫
我们以为树在叫
它在树叶的虚掩中弹琴
引吭高歌，与同伴交换着荷尔蒙

尖利刺耳。低声部、高声部充斥着性感
使鸣叫产生莫名的冲动
这是我听见的，唯一用声音交配的翼虫

它的浪漫不输人类
操守得到树的认可
伸出枝丫揭开皮肤让它做巢
我看到繁衍的耐心，夏天和树的耐心

蝉的表演达到高潮，林子跟着骚动起来
舞者是鸟、树、白云
叶子拍响密集的手掌

当音符出走，歌声倾尽
空余蝉蜕，装载我的怀想

2020.05.15，午夜 11：00

金　桂

一年将自己粉碎一次
八月，花如粉末

自成无数个小人儿，化成香
弥漫在树干树梢和院落四周
喧闹是自己。演奏和观赏也是自己

八月，所有的事物都在退让
唯独她站出来，逼近我的话题

花开满树，仿佛后院着火
她的皮内脂肪，如此丰满
可以用来点灯、唱戏，还可用于制香

她的演出就是撒网
孤独喧嚣，皆被她网住

精彩的八月魅惑的八月
也是我走心的八月
仿佛进入聊斋，我与桂树化成同类

私会是我。对话是我与她

2020.05.20，凌晨 4：22

养

养了几粒尘埃。多余的被我抛弃
既是喂养必供以血。我的时间围绕它们
像旋涡吸入落水峰峦：这活着的疼痛

可不可以这样讲：书里的故事都是尘埃
红楼成梦。石头化出顽固之人
神从一座山产生。我以为，这些都是尘埃

我领养了几粒。忘不了放不下的疼痛
几粒尘埃伴我打旋
一头大浪撞在崖壁碎裂。我都养着

2020.05.24，凌晨6：18

午　夜

闪电、雷鸣和雨滴
谁抱着谁，在溃散

落入我缝合的二夜，是干的
它们来得遥远
就像我从溃散到聚合，回不到从前

雨夹雪。记忆的谷地与奔涌
对我是干的，平面的
就算有千万条雨丝，此时也是凝固的
我能摸到雷被囚锁，闪电无出逃之门

雨在内心站着。雷和闪电躺着
像一个哑者，对另一个哑者

2020.05.31，午夜 1：09

一张脸

人的脸，似柔性屏的皮肤
演绎着不同的故事
我的故事显得突兀
像死海，突现惊涛

我有一张不像脸的脸
招牌举起，但不招摇过市
我天天清洗，并敷上面霜
但不光洁，也不滑润
看到的平柔都是假象
只是摊开的一个瞬间

真相是折叠的卷曲的
凸起的凹陷的，浪花的深渊
冷并凌厉着

我不怕暴露真相
虚以鲜花，实则越老越空洞

我的脸，上演惊险片续集
而不是片段。但我常拿片段示人

故事延续着故事
就像车辆拖曳或展开着
平坦或陡峭的道路
死或死而复生，频频发生

我的脸举着惊涛和蔚蓝，穿过丛林
由我之外走进我之内
我丢弃了童贞与幼稚——
那张脸少有思想，漂浮不定

今天的脸，几近定型
挤出空泛无用的泡沫
理想主义的务虚，已不适应这张脸
它就是一张，冷峻如石头如峡谷
如冷火山的，活地图
坑坑洼洼，涛声依旧

我的脸，将故事与道路演绎
似笑非笑，欲哭不哭。终结于空阔

2020.06.04，凌晨3：38

活　着

在钟声里活着，像在雨水中浸泡
内和外都被滋养

穿透力是无形的，过去了还会回头
无论怎样，都以身体为界
即使弹出体外，也会被思念和不舍拉回来
推与拉，和体内的钟有关

雨水像银针，总能扎在要害处
能治一种叫相思的病
扎在幼稚、脆弱的心房
使你瞬间成熟、强大起来

雨水与钟声交织，能产生浮力
促进生长，像软的梯子
向上攀登，仿佛进入神的境界
幸福，光明，温馨，倦怠
合成一种氛围
我们像鸟一样，活在欢快的鸣叫中

软的、硬的雨水，从石头中穿过

还能穿过佛的手掌

钟声，像羽毛扇动
托起的肉身，有音乐在律动
这种温热，叫不叫爱情

我们躺倒在温情中
不会放弃对雨水和钟声的攀缘
这唯一的依恋，夯实了内心

2020.06.05，凌晨 3：12

沉睡与挖掘

在巨大的黑夜。朽木长出耳朵
倾听向内。不惊扰同伴
隐忍。噪声的分贝成负
若继续挖掘，可进到无影无形

像冰冻的火焰，窖藏的酒
听不到呼吸，看不见火焰
但它们确实存在
如果计量，却以消隐或负数
引追逐者探索者，进到无解

此时的我，活跃于静夜
从外部看就像煤，隐藏在它的底部
像藏着一个深渊，一个凝固的旋涡

挖煤者自身成煤。取火者自身为火焰
燃料及火焰，化成气体、液态、固体
向内越深燃烧越烈，直到无法察觉

谁能想象腐木藏有耳朵
谁能发觉它能突破自身，刺探人类

我效仿一截朽木倾听向内
像高台跳水，向寂静切入，试探死亡多深

从高粱与酒，探出火的烈性
从梅与雪，找出冷与暖的关系
香与惑潜入暗处
让探寻者迷失于探寻，寻火者自成火种

在各种物质中戈到床铺
同时触摸到它们的呼吸
在隐忍封闭中互相追逐，追到无梦、自燃

2020.06.07，凌晨5：21

镇　纸

一张宣纸，可能化成蝴蝶
天鹅、树或竹
无论什么，都会长出翅膀，飞离地面

这与捉笔人的内心，有极大的关系
其实，人和笔墨都想飞
借用纸的天空，任激情与思绪流响
只是纸的翅膀，先于笔头拍响
是纸张，挣脱人心的一个举动

这时，人会用镇纸将它压住
也是将激情的一部分，压住
纸张与笔毫，有狂放不羁的特性
但镇纸的理智，会将它压制
就像主驾驶之于飞机
捉笔人必须凝神静气
驾驭纸张，承载人心，平稳飞行

纸张的载荷好比蝴蝶，举重若轻
能装载世间动静
但纸张的狂躁仍需制约

镇纸能使纸张保持冷静

孵化是一个过程。装载与印染
是又一过程。蝴蝶精致而魔幻
与上帝的设计有关
纸张转化为蝶翅，需经人心的印染

用镇纸，将盲目与浮躁镇住
将冲天的波涛，压在笔下

2020.06.10，凌晨5：46

一棵练习写作的树

一棵练习写作的树，从梦中醒来
它为谋篇布局，伤害自己
一个不适合的填空，使它延误开花的可能
一个病句，废掉它一季的积蓄

它可不是在挥洒墨汁哦
它的叙述和表达，是花朵或果实

如果在抒写中停顿
如果在停顿中终止花开
如果花开却不能成正果
如到果熟却烂于枝头
这一串串如果，该让它多累哦

一棵练习写作的树，正在练习忧伤
如何把这一过程
注入尚未开启的花蕊
让它完成与甜酸合一
再缓慢释放，仿如恋爱的味
一种深陷恐惧的果实的摇曳

这是一棵在沉疴中惊醒的树

它失眠了。它好像，从没有在站立中睡过好觉

2020.06.14，凌晨5：22

逃

躺倒在床上，像躺在空旷的原野
一群影子压过来，像有人拿一把大排笔
在我肢体的平面刷漆
我在不知不觉中，被一遍又一遍覆盖

这将成为史实。而另一刻
风把我翻到另一页
我爬起来，整理一下床被和穿戴
出门了。影子又出现了
但离覆盖我还有一段距离
不排除有人，已高高举起手里的刷子
蘸足了黑油漆

再一次倒下，被覆盖已成必然
我总是这样，带着影子和恐惧奔跑

2020.06.15，凌晨 6：55

窗　景

她自带锁和钥匙，就像一棵开花的大树
把自身的花朵穿戴
她知道，春天不能没有自己
她提出的问题，与春风提出的一样多

想象朝向蝴蝶与蜜蜂
它们是搬运和访问者
自身的花朵和绿叶，不断地挤压空间
哄抬着美的价格

钥匙和锁归结在一起，叫花朵
打开和关闭，要看搬运者是否有耐心

蜜蜂酿蜜是为回应花朵
蝴蝶起舞是为春天织锦

她像一棵欢乐的大树
带着自己的儿女走在林中，同时走在
群鸟的观摩中

我的窗前，常常出现一棵，移动的风景

她来去如风。传来锁的欢快，和钥匙的鸣响

2020.06.16，中午 12：29

夜　半

仿佛一滴墨水醒来。窗外雨打树叶
雨是黑色的。偶尔一瞥闪电，照见它的白

无论雨声多么急促，却冲击不到一滴墨水
更不能摧毁，一滴墨水撑起的黑帐篷

雨点和闪电——我借用的文字
雷声滚动。但我感觉不到滚动
在一滴墨水里，我活得如同白昼

一滴墨水内在的裂缝，靠孕育和飞翔缝补
内缩与伸张，是飞翔的一种方式

雨水与雷声是黑色的。刀光也是
但无论怎样，七黑不过一滴墨水

我驱动它，如驱动火的轮子
科幻的滚动，碾压刀尖的浮光

2020.06.17，凌晨 2：35

在　研

容易掉入别人的陷阱
对鲜花的偏爱，忽略了旋涡
我以为，有必要设一个科目，研究自己

万千谜题，自己是凸显的一个
研究者不知自身谜底
总是恋着他人、他物

创字的人，迷失过自己吗
对自己的把握
应该难于对他人的把握
对自己的不确定，如对流水的不确定

追根溯源，我系什么所造
惹出事来，动机出自哪里
我的繁复，深藏玄机
谁在把守？谁在放行
最终，我将去到何处

一路来去，遇到多少过客
有多少在意，多少淡忘？无法计数

我丢下的影子，既是陷坑又是课题

研究自己——
我举起一把，切入灵魂的手术刀

2020.06.20，凌晨4：57

预　设

一枚书签没人注意，也没人凭空猜想
它的遭遇，是我无聊的预设

一部书的内部就是我的内部
需要设想一枚书签切入
思想板结需要犁铧翻耕

我是一个不着边际的狂想者
无事生事。我犯了诗人的通病
变异和扭曲事件的轨迹
使一朵花受到惊吓，使蝴蝶不敢妄为

自设围栏。以书签代言
但没人认识这枚书签
挖掘显得徒劳。本无企图，何来秘密

多情自扰。引起书签发声：
一页印刷品，何来波涛推进臆想

2020.06.20，中午 11：39

漫步者

一些树，把自己的模样和愿望设计
一些树，在卸下的影子中走动
像待字闺中的女子，设想生育

一些树，是前世走来的巨人
穿过岩石波涛，和雷霆宽大的黑袍
历朝历代的岩层，相互挤压、沉淀

从这些沉积物走出来的树，一定是大树
可以任意，按自己的想象命名
它们的蓬冠庞大，根系久远
在体内拓展、勾画
在过去或未来的影子中，审视穿梭

一些树和另一些树，像披挂上阵的武士
我在林中。仿佛穿起列阵整肃的万千陶俑

2020.06.20，下午6：21

晨 鸟

一声鸟啼，挑开黎明之幕
曙光斜射，群鸟争鸣。它们的吵闹把我惊醒

不敢相信，一只小鸟，能装下如此大的音响
从体内搬到体外，魔幻般扩大

昙花、喷泉，争先开放，如白浪堆雪
被温润浸染，大琴小琴发声，长弦短弦齐弹

感觉群鸟，在用力抬着什么
一座林子，被清脆的啼叫养得碧透

我从树木搬出床。又把床搬进林子
像荡在波光里的船

不知道怎样运笔，才能把这一群狂欢压住
我怕激情过度，转为忧伤
我的漏洞很多——
即使飞珠溅玉，也难逐心中隐忧

2020.06.21，凌晨6：44

惑

蓝蝴蝶和蝴蝶兰：一个会飞的翼虫，一朵静止的花
她俩，是怎样的一对小冤家

不同物种，看似属于两个世界
却交叉地出现在眼前
使我错愕地把她们看作同一物种，甚至一个整体

观赏一株植物，把花看成站立茎端的蝶
把悬空的蝶，看成会飞的花
这是两姊妹，还是一个整体的分身
是精神与肉体的合一，还是现实与梦幻的追逐
我在这挠心的问答中，陷入两难
她们转成旋涡。我成问题的中心

花瓣，蝶影重重，摇摆欲飞
近看是花斑，仿如民间印染
由此，我怀疑人生。确信上帝在梦中造物
精致而奇巧。就像此时，我的分身与重合

虚幻中谈论现实。实境中陷于虚幻
我的追求进入多维世界——

不解，疑惑，不弃，自毁
花开自绕。高潮与跌落，由我一人推演

灵魂出窍由花引。人的一生
遭遇多少奇光异彩，足迹像蝴蝶投影
在纸面随意乱画，无章可循

就像梵高：把自己和女人搅和在一起
调制成迷幻的色彩，在画布狂抹
猩红与金黄，凸显阴阳咬合

物界与灵界交互浸入，我被多重感染
此情此景，虚无到只相信神灵

谁能重返现实，影子还是实体？谁来将我拯救

2020.06.23，凌晨4：16

追 逐

从皮肤的波光,潜入人的内心
是一个徒劳的追逐。它会进入死角,变成憎恨

与观察一条河汊,同样具有难度
波涛扇动着翅膀,而你隔岸观望
漩涡的魅力,多江汇合的原始野性
向不可想象伸展。那是叠加的影子形成的波浪

潜水者,在月亮的幻影里
抓捕一个虚假的月亮,深度与无解盖过真月亮
扑朔迷离的宽阔,胜于天空的深蓝

峡谷之上水漫漫。鲜花凶险,森木寒彻
惧于湍流之急。钓鱼人,在钓虚幻
失足为一时迷乱。追心如追锁环。反把自己套牢

远观怒江与岷江交汇。隔岸饮酒
犹饮冷焰。在心里,用酒杯浇出一条长江来

惑而不惑。浊者以求自清

大水与洪涛来去，我何以自救？

2020.06.25，凌晨 3：03

打　孔

在绸缎般的声音里打孔，和在
亚麻布的结点打孔
对于仰望者和棉虫，工作性质是一样的

受好奇心的驱使，或者对于饥饿
奥秘本身就是食物或动力源

为什么是绸缎而不是砂石般的声音
旁观者会好奇地问
好比瓢虫对棉丝的挖掘，不解一样
谁能理解，受惑者的迷惘

具有特质的柔滑光亮，在空中
几乎覆盖仰望者的全部
对它，除了挖掘，没有其他选择
他不认为毫无意义
反之，如果没有仰望，和着迷的对象
反觉了无生趣

棉虫为了生活或生存，对旧棉布感兴趣
一个怀旧者，对抽屉里的旧信笺感兴趣
必将对遗忘进行挖掘

面对不同性质的生活，好奇者
就像一只虫子
对某一类物事进行追问似的啃啮
这就是进攻与厮守

我们回到自身去寻求需要
也许砂石般的声音
对于女性特质的仰望者更为需要
她的细腻，不能缺少粗粝打磨

反之，一匹滑润的绸缎
对于男性特质的仰望者，是一种吸引
或叫甜蜜的杀伤
这种对应的撞击，实质是相互打孔或钻探

我们有时钻进抽屉走不出来
或者习惯于暗伏，以黑影和秘密为食
久而久之，就会变成一只虫子
对光亮和敞开不适

因此我想做一件旧物好
它持久的诱惑力，会养活一批
像棉虫一样的仰望者和进攻者

2020.07.11，凌晨4：42

吃

一杯牛奶一个馒头一个鸡蛋
在餐桌各自划分的地盘上
向我讲述它们的过去和未来
我必须忍着听它们说下去
三对一。它们是多数我是少数

馒头说：我是众多麦粒的精华，团结如一个拳头
牛奶说：我是青草和月光合成的液体
等于或大于一个湖泊
鸡蛋说：我的明天，就是一只
快乐的母鸡或公鸡

原来，我每天吃了那么多
岂止是胃大如牛
我想到有时吃猪、蟹、鱼、虾
葡萄、苹果……
如果让它们都来向我倾诉
我还吃得下去吗

猪的嚎叫，蟹的警觉
鹅的强硬，虾的作妖
还不把我，像麻雀一样轰走

葡萄和苹果都是美人胚子
会滚动和逃逸，能下得了口吗
而我是谁的食物？肯定有一个
无限大的无形智者
将我或我们置于它的盘子
细细地看着、想着如何吃掉

钓鱼者被隐身人钓起
烹饪者被吃货烹食
这已不是什么新鲜事

河水吃掉影子和石头。道路吃掉赶路的人
花朵吃掉蜜蜂。墓穴吃掉骨灰
床吃掉夫妻。墨水吃掉诗人

吃是个无尽数。罢了！这胃有猛兽
有树木花草泥土。谁比谁的胃大

想那么多真还没胃口了
为了悲悯一回，绝食吧
然而，再饿下去
即使是鹅卵石，我也会吃下去
我吃，是为了我有骨有肉地，让他物吃

2020.07.14，午夜 12：18

海　滩

远眺海拱起脊背，凹陷着肚皮
近看沙滩，贝壳、鹅卵石、螃蟹
它们各自在缓慢运动
作为旁观者
我在太阳的瞳孔下变化着
我的影子从左边移到右边

如果我就这样一直站下去
螃蟹和我会不会交换身体
我会不会成为卵石或沙子
彼此会不会对话
成为采访者和被采访者
太阳和月亮，会不会交替偷窥
沙滩掩埋的秘密

我将因固执和久远，沉陷下去
而沙子和海水
将从我的脚踝漫上来
我这样痴想着，直至夜幕沉降
淹没我，和我的影子

星星矮下来离我很近

能听见内心的独白

此时，我没有思想

我就是一个反光体，像一块界碑

2020.07.18，午夜12：04

转

在林子中转着，试图让自己消失
蝉鸣声不厌其烦地敲打我
它想找一个容器
尖利的嘶鸣，像一把凿子
我捡到它丢弃的旧巢
一个证明消失的符号

落日跑入黑套，鸟入木叶
蛐蛐儿刨着骨缝里的碎屑
我与遭遇保持默契
等待时光消逝，黑白转承
我们在同一缝隙寻找出路

果子与我有同样的想法
除了腐烂，一定想到来世
除了悬垂，一定想到逃离

2020.12.29

第七辑

把内视镜探入声音内部（2021）

清　洗

我的旧衣服堆积如山，来不及清理
上面沾满情感的符号——
鸟叫与虫鸣
有一部分还粘有灰尘和病毒

其实，它们还没有等来大太阳翻晒
有些放进洗衣机还未清洗
这些脏旧的外衣，还堆积在灵魂某处

今天，我忍受不住它们的依赖
决定将灵魂暗处的所有摊开
借用冬天难得的阳光，和洗衣机按捺不住的滚动
进行彻底的清洗和杀毒
像洗刷地毯、拖鞋
像拖地板，抹家具

找不到恰当的词，对应灵魂潮湿与霉变的恐惧不安
我鼓起勇气，使尽力气
借用喷头的清水和拖帕素有的洁癖
把家里一切蒙有灰尘和毒素的部分
包括隐匿在灵魂深处的那部分，一起用力擦洗

让它们感觉不到疼痛

而是一种，前所未有的愉悦与轻松

2021. 01. 30

超现实的雨

雨重复下。超现实的雨
人名。专用名
女性特质的杯子

一对人儿爱到结晶
爱到私密透彻
爱到冰冻千年而复活

说到雨，不得不提
溃败的雷电
强韧的雨。我把它打制成银器
装载嘴唇的火焰

一滴，做成别墅
一滴，修成庙宇
一滴，刻成碑石
不说爱恨，只存光亮

2021. 02. 05

夜晚的火车

目光如炬——暴露眼睛和吼叫
体格庞大，模糊

喜欢把夜色穿在身上
把天空视为身体的一部分
以不动为动
田野、山峦、森林，都会躺下
安静地接受"将军"的检阅

星星集聚。参与到它的目光为射电
宇宙缩小成旅行图
夜晚的黑，是长在身体上的皮肤
它的穿越，循着自己的骨骼、规划
在内部奔跑

穿行如穿衣。夜晚是轨迹的底片
不动之动。除了两束聚光
还有低沉的吼声
想象的速度穿过身体，跑到皮肤以外

它已跑出边界和自身的限制

从一个星系穿过另一个星系
此时，找到它变晚出没的理由

山、洋面、礁石，或隐或显
风浪、暴雪，甚至高深、遥远
和一切不可能，都将被洞穿

摊开如路线，卷起如时刻表
存在于践行，和记忆的扫描中

2021.02.08

风暴如花蕾

喜欢它外部的温润，内在的凶险
一切暴怒，瞬间止息

喜欢它像一个球
滚到我身边，把我领走
这样的旅行，让我的见识
比孔雀羽毛上的伪眼还多

从内部走出来，像从花蕾探出
触摸之蕊
闪电隐于皮肤
雷霆收走，一切不悦之色

珍藏的风暴，适于雕刻和颂赞
我把它做成饰品
佩戴于胸，以有胜无

一株永远不再喧嚣的黑玫瑰，黑屋子

2021. 02. 15

风雨人生

翻阅黑白两面日历
听到金属碰撞的声音

实际是把自己翻动
速度快到令我吃惊
把恐惧分配给黑白两色
再把喜悦掺和过去
却没找到它的位置

唯有黑牡丹可借我一宿
砚台可借我一站
一生耗于笔端和墨池

感叹黑之浩大。大到吞噬所有的生灵
既是坟冢，又是子宫
星辰日月，也会感恩它的孕育

由此恐惧全无
喜悦占了上风
我把自己的结局反转
发现每一页都渗透着亮光

谈论悲喜，实无悲喜
消去人生，仅存黑白两色
悬挂在，一幅书法里

2021. 02. 26

坐在小溪旁

坐在小溪旁，看流水把我带走
我从体内掏着雪
像大白菜雪雕．热爱与溃散并行

像朽木，经历造山运动
鸟鸣与光线，凝结在内
火焰隐形，像智者沉思

石头鸣叫。沉默裂口
一株小花探出裂缝，向蝴蝶打招呼

朽木再一次站起
向外掏出渡劫的佛珠
自救是修炼的目的
毁弃是必经的历程

我的溃散去向何方
溪水不答。只管流泻，并以清澈告慰

2021.03.09

从内部点灯

一天，至少陷入一次黑暗
慢慢地，我被销蚀掉
从内部点灯，把自己照亮

黑暗像子宫造星
借传说，开辟一条自燃之路

暗处可能隐藏毒虫和坏人
这是上帝疏忽，还是欲擒故纵
我不是坏人
但仍须亮起一盏防患之灯

似乎喜欢黑暗多一点
只是想，减少一些枪眼和喷嘴
蚊虫一样叮我
我爱孤独，渴望套子把我焐热
感受被孵化的滋味

我怕光，并不意味着心理阴暗
也不说明趁火打劫
我是夜行侠，喜欢黑色

像乌鸦区别于其他鸟类

萤火虫是哪世的约定
切近我的想法
以心灯作航灯
笔毫吃尽墨汁，还我
以此断定
没有黑反衬，白也徒然

在内心旅行的人
边界正好与黑夜相融
白天使我困倦，夜晚任我远行
星星与灵感触碰
我内部的齿轮，在高速运转

2021.03.09

带锁飞行

铁制的羽毛。把自己锁在锁内
像一枚鸟蛋

在静止中飞翔，笨重而响亮
是肉身又是锁
小且重

大反而轻。一把孵化的锁
把自己的心托出体外
仍飞不出黑色的外衣

把一棵树锁在静音里
把夜锁为己屋
把孤独打开，在孤寂内飞翔

铁羽散开，托起一枚小心脏
小熔炉
小到雏鸟未成形

带锁飞翔
金属乐片，仿如风洞试翼

我是一把锁，并未飞出自己的外衣

2021.03.22

剥

一切事物都在试图保护自己
面具，色，死亡
各有存在的理由
它们的实质被层层包裹
潜藏于内核。这就需要剥

想到恋爱与婚姻
新娘新郎，包裹不只限于语言
还有服饰和化妆品
情感的内核，被各种需要掩饰
只有时间和心灵携手敲击
才能把握他们的关系，是否发展和存续

假象和真相相互依存，互为表里
需要剥，才能找到实质

河水的保存方式，是凝固
欢快的流动，呈现出多面

想到剥和掩饰
以及更多的词，都有外壳和内核

都有活着的理由
刑事案件，真相被假象掩盖
刑侦的手段，就是剥

一枚石头，有人说它活着
有人说它已死
要找出理由，需要想象潜入
和语言追述
这是诗人剥的方式

科学的方法，是熔炼与分解
但归结起来是剥
像粉碎一粒原子那样，层层深入

濒死的老者，一生压缩在记忆里
也在遗忘中
追忆和忏悔，将其呈现

心理师，窥视镜
以各自的方式，对事物透视和解析
找出生与死、快乐与痛苦的关联
剥去表象，找出实质

对婚姻也需要剥
它有存活与死亡的周期

想到存放，对一具尸体的易朽无用
时间是剥的利器
把不朽的部分，搁置在怀念中
或转移到文字里

最有耐心的叩问是风雨
最有力量的剥蚀是时间
我们被它剥得体无完肤

在时间的追逼中
死亡也不能完好地保存
真相假象，将一并消失

2021. 03. 25

风来了无数次

风来了无数次，雨也来叩问
他都这么沉默着
像独自活在遗忘里的植物人
对前世今生，都已厌倦
关上了交往的大门

遗忘是保存记忆的一种方式
唤醒却像在剥外衣和内衣
直到露出它的脉络和流泻

黑夜是最难剥的
善恶借此一宿
沉睡的阴阳两面，需要剥
才能弄清楚
在这静谧中，如何装扮和保存

流水也会暂时停止
把自己折转或剪辑，以便保存和唤醒

风和雨是最有耐心的剥
我在站卧中逐层裸露

灵魂和肉体均遭到照耀

河水与黑暗，同样保有各自的秘密

2021.03.25

心中养着一条河流

河流、蛇、山路、植物
交替出现，更新了心中的文字
潜在地改变着我
使我的模样有着怪异的表现

心中养着一条河流
有时像蛇游出体外
有时我把它看成路
同它一起折转伸直

取它一段像掐植物一枝
穿上它，像穿一袭清风

我就是那岸自带流沙
蛇和路，与河流
有流动和久远的本质
它们互换形体
站着或躺下，流动或静止
出自需要和必然

进入我的内心，因为我爱

不能止于动安于静

它们爬上我的身体，不断深潜

我惊呼——

我的变异达到我的不识

其实我已经放不下它们

*潺潺*流响，沙沙蛇动，弯弯路摇

把我当一丘一树

我做它们的替身

放出四季的表情

让雪和绿荫覆盖我生养的大山

植物、蛇、路、河流

我把它们安置在床上和文字里

该起身了

让它们随我，一起走出门外

2021. 03. 26

坠入众多谈论中

以山为目标、洞水为路径的
行进中，我们存在过
瞬间却首尾不相接

自己的一部分不见了
就像这座山的内部，分不清
洞、天、水
谁更具深入的能力

走出洞口我已老了
丢失的身影
沉入洞水，或山脊的岩石

杜鹃老了。我为忽来感到悲戚
老，或如智者。背景就是箴言

价值在丢失中呈现
反观自身，洞孔成型
我为石化的自己，感到震惊

2021.03.29

父亲召集我们开会

确切地讲，父亲抛下我们
住进了大理石
他一个人举杯，笑得很灿烂

确切地讲，父亲在扩散
风里，雨里，梦里
常碰见他
他来得快去得也快
每次来去，都像月光那样静美

确切地讲，他在流水中
我们在岸上
黄菊，百合，松柏
是他休闲的去处
偶尔一见，又消逝在清风中

大雪把他埋了，露出上半截身子
但他手不离烟
仍笑得那么灿烂
像在召集我们开会

确切地讲，他一个人受刑

像大山持有天荒地老的爱

时刻提醒我们避险

关心着家庭的团结

他的训诫感召日月

我们静静地听着，像火龙果静守佛光

2021.04.05

储物柜

储物柜搁着可移动的物件
有朋友、仇人、初恋和我
他们被挪动
或因地震、白蚁、蟑螂

我变成我的敌人
我瞧不起他。甚至要打倒他
仇人变朋友，因为我的挪动
因为我，把自己打倒了

初恋，成别人的老婆
她的高傲突然矮下来
她嫁的那堵墙坍塌了
而我老成万物的初恋

随便挪动一下，我就碎了
我必须从搁物柜走出来
要不，我就真成蟑螂了
妻儿不识，拿着敌百虫对准我

我必须站起来

像灰烬，站成火苗的形状

2021.04.19

躺在羊的身体里

躺在羊的身体里
应减去什么
才能使自己不再担忧和恐惧
对哲学的思考，使自己碎裂

没有思想、痛感，是否可以忽略屠杀
为了短暂的饥渴，与白云接吻
躺在蓝天与碧毯间，飞起来

羊的悲悯能铸成强弩吗
驯良能让凶手放下屠刀吗
制造秩序的主啊
难道你就是人称的上帝

2021.04.22

从旧我中走出来

从旧我中走出来，多么好的解脱
歌与蝉原本一体
不断吐词、排泄

内部块垒化了，空了
所有的问题抛出去了
对于巢或者歌，是一种释放

旧我变成蝉蜕，歌在林子里
飘着，像一只小蜜蜂
孤单的小花
靠我的歌喂养和支撑
给自己和林子一个活法
互不牵挂却又相互联系

不必打探。这里是连自己
都不记得的地址
闯见自己，我感到惊愕和不识

2021. 04. 23

月亮和我一样失眠

月亮是谁身体上的弃物
我无眠，它亦不睡
贴紧我的窗玻璃
把薄霜送进来，给我添暖

我在床上躺着，床移动
月光是上涨的水，遗忘的往事乘舟而来

谁为失眠开凿河道
谁是那驭舟的水手
谁的闪电爬上树梢，被惊恐的蛇撞见

一个失眠者，在灯光里泅泳
划开一茬茬影像、一波波声音
埋进今夜的雪冢，可是醒来的融冰

2021. 04. 23

叩　问

花蕾的门，用手指敲不开
借用风吧

我的文字开成花朵
须渡怎样的劫？经历四季
以雪为手指，我在敲击自己吗

每一粒文字，住着一个我
我是自己的分枝
是从墨水瓶里，长出来的黑牡丹

夜啊，绷紧的绸缎绣满星光
可我还没有走出墨水瓶
我要怎样，才能拧开你的无视

一枚文字，一枝花
谁的旅途更长，蹇难更多
两个孩子同根，却不相识

我该用什么方法，把自己
从石头里取出来

该怎样打开，你手指上的佛

2021.04.25

影子重如铁

一片云，成为扣在头上的帽子，你会怎么想
一滴雨，始终不愿退去，究竟要干什么

我理解历久弥新这个词。凡是消逝重现的事物
要么是个报复者，身藏匕首
要么有毒，扎进身体，再次长出花苞

行走在影子里，稀薄、暗淡、浓稠
像一种疾病
我在寻找良医，在身体里挖草药，除蛇毒

经历的雨，最终成为一滴雨
经历的云，最终成为一朵云
一句话纠缠久了，再坚硬的自信也会溃散
再柔软的温存，也会变为锥子

好话孬话都有用处。好铁烂铁都可重铸
我愿成为银匠，拿一滴雨打造预言
可能泛滥。也可能拯救一批渴毙的人

打造一只杯子，注入影子，或成佳酿

2021.04.27

从墨池升起来

从墨池升起来，是村姑还是仙姑
一念之间，水袖长舞
在狼毫，也在我与影子的对撞中

在墨池栽树。杯参天
夜来发光。生出铁一样的墨鸟
游出一只只铁蝌蚪
变成呱呱叫的铁青蛙

在铁水一样的墨池，水袖绕竹对舞
美女与英雄，生出白云一样的儿女
写诗，游茶山竹海

墨池与意念结合，我会不会着魔
与影子结合，我会不会羽化成仙

在狼毫栖居，自有画意和诗趣
植一株老朽，来年必发一簇新枝

2021.04.27

一队人马

一队人马，从箫孔吹出
一队人马，其实是无性别的人重复的身影

从性走向无性，从欲走向无欲
一队成一线地，往前攀爬

一口气，吹出一串音符
我的箫孔，在休眠与醒来之间

一队人马在纸上，把纸走成纸屑
把自己走丢。仅见光与影，接耳私语

对旋转的人间充满怀念，那里不乏情爱
我把它一缕缕吹醒

吹箫人手里，握着一条忧伤的河流

2021.04.27

在瓢虫和棉虫之间

在瓢虫与棉虫之间，做了一次探险
不知道谁是深渊，谁是崖
它们把喜欢和爱揉在一起，强加给对方

一切奥秘，都经不住虫钻
我小如一片菜叶，大不过一片麻布
在两只虫子间，心怀恐惧

瓢虫，前世的情痴，今生来找菜叶要债
棉虫喜欢打洞，它的爱百孔千疮

步入两只虫子之间，我不以麻布示人
仅呈两片老叶
陷阱虚以鲜花，在我托举之中

无论棉虫瓢虫，我不会成为它的食物
顶多是一张，展开的旅行图

2021. 04. 28

想到绿林中安静的墓穴

想到绿林中安静的墓穴
有星点的野花陪伴
上空时而洒几滴雨，插几缕光
仿佛某女子，在云雾中俯身离去

修葺过的道路，蜿蜒如蛇
拐弯进入草丛
这种氛围，适合我绝尘栖居

步道多了，久了
仿佛道路和蛇缠身
总有一天自己会躺下，归于青山
一抔黄土任植被遮盖

放下自己，并把自己拆散
融化在泥土中
不知道这样的空是不是实
会不会被另一种需求填满

在树根下坐禅，树冠上开花
也是不错的去处

写诗写到自己不存在，万物为居所
也是不错的选择
把身体上的道路和吃，还给青山

退到青山之下，流水之下
以不存在，为自己画一个不在的符

2021. 04. 30

多次看到窗帘

多次看到窗帘，从地板站起来，爬上窗台
多次看到涨水，像竖起的河流
冲击着天花板
多次看到宁静的窗口，站着个
手持枪械的钢铁侠

我忽略了很多
比如它被谁的眼睛盯过，留下焊点
谁的风竭力想掀开它，碰响金属的叶片

在遥远的暗处，谁的镜头在扫描
它内部的隐私
又被谁的手，撕开与缝合

它像不像一道伤口
裂缝泄出些什么，收回些什么
慌乱地闭合，是对谁的抵御或迎娶

为什么将隔膜安插
夹一层，像眼帘一样的开关

窗帘与窗帘，会相互对峙吗

哪一幅坚守着人性的需求？哪一幅关闭着一群野兽

2021.05.03

照镜子

面对镜子，发现身后站着一个我
变成长翅膀的猪了

是的，长翅膀的猪。是从原猪脱逃出来的精灵
突破自身的限制。我为不再是猪而怀喜
就像果实，把糖分弹出体外
就像果子内弹琵琶的人，抱着琴弦弹离果实

偶尔路过，从镜子中，发现自己白发苍苍
像从灰烬里升起的魂灵。我无法灭掉自己
无法阻止他行动。惊愕自己是个妖怪

偶尔照它，它却罩我
镜子宽无边深无底。我这么怪异，它也生得出来

2021. 05. 04

我的手臂

我的手臂，从大海里伸出来
是要接住思想的果实吗
或者，要把我的头颅，递给晨曦吗
第一声鸟啼，顶开床被，是不是掀开波浪

我的大半生，在床被内窝着
像不像，腐殖下生长的虫子
在咀嚼春天的根
像不像虫草，在冰雪下追恋雪莲

我的床，像不像一只船
灾难中求生的诺亚方舟
我的手指，像不像激光笔？手掌像不像鸭蹼
写字板，像不像渤海湾或滇池

我啊，拿自身的零件击水
与文字架在一起，是要焚烧吗
是要把浊重变得轻盈，把自己变成青鸟吗

2021.05.04

一张空网贴地而行

在蛛网，找不到织网的蜘蛛，仿佛一张空网
风往地下吹。蜘蛛入土
网状的路，晃荡在空中

不是泥土和石子，而是乳白色溶浆
从体内发生，形成道路，形成网

一粒种子，把一张网构想完成
道路竖起来突破外壳，变成举在空中的枝丫

不要小看一只虫子，坐立地下就是一尊神
说不定它会织网，而超越网

织网的丝在菜花的蕊穿行。穿过背着苞谷胡须的秆
穿过蜜蜂尾部的刺。穿过蝴蝶织梦的花衣

锄与镰刀经不住搁置，相互敲打变成脱逃的风
或者，无中生有的音韵

凡是能跑的都会遁。怀念者被一丝旋律送往地下

一张空网，要么贴地而行，要么飘浮空中

2021.05.11

追念袁隆平

一个伟大的灵魂，穿越每一粒稻谷
他的每一秒钟，在稻田、种子、谷芽、秧苗
和谷穗中度过

一个伟大的灵魂，把每一粒优良组合
建立一个全新的国度，给它们
提供崭新的环境，和科学配方
让它们婚配，繁衍生息

最新、最纯、最富生命力的精魂
出自伟大的头颅
成为种子中的种子

一个伟大的灵魂，成为所有稻穗的聚焦
所有镜子对应着的月亮
群山矮下来，或因沉思
稻谷俯下身，或因饱满、精壮，而幸福

一个伟大的灵魂，是所有稻谷精魂的化身
是微观世界最精良武器的聚合
是能消灭所有病虫、抵抗所有灾害的

一支史上最强军队的统领
被稻谷家族，写入光辉的族谱

一个伟大的灵魂，占据的高度
是古人没有的高度，来者仰望的高度
使所有稻谷为之振奋、向上的高度

一个伟大的灵魂，站立在稻谷中央
所有稻谷为之仰望、缅怀
垂下感恩的头颅

2021. 05. 23

进入雪的六角形

进入雪的六角形，考察它内部的热和外部的冷
为什么与女人走得那么近？对绿叶和果实却加以排斥

它有几种形态，哪一种适合铭记
在我心里结一小块冰，久不融化
留给我的怀念，是刀刃的锋利

它的具体形态，捉摸不定。隐与现，不在我的掌控中
揭开一层是水。追问成冰。入地可攀上花枝
与海为涛。上天成雾。与礁石有过恒久的厮磨

不再纠缠它的怪异和对我的逃避。隐形的针，在我心里绣
　着花边
把它作为帽子，取它的白。对于它的形体，我并不在意

它的出走，在我意料之中。它见过的巨鲸，比我见的小虾还多
把雪穿在身上取它的柔。把记忆随身带着，不舍它的伤害

它把我切碎。带给流水与风。在我心里的烙印，如同碑镌

2021.05.24

流　泻

逝去的影像印在日历上
山水在增厚。我在变薄

把自己一层层削去，还给山水
就像果实，风在舔舐着它，把它一点点搬走

我的思念在减少。爱的人模糊不清
对死亡的恐惧，被时间揭走

剩下对自己的怜悯，印在纸上随风飘去
所有的声音，离自己越来越远

一个不属于我的自己，分发给流泻与昨天

2021. 05. 27

再说雪花

无法把握停留还是奔走，出现了多种流向
对我的纠缠，似乎要多一些
但流变是它的本性，杀伤并不来自本意

无法固定花的形态，知道雪才是自己
花是偏执者强加的。是人们的错觉所致

六角形造成了这种误读
内心的碎裂，造成了自伤和他伤

把我当成植物依恋，停留在根部
在头部的枝叶上，已成流液
逃避过热。暴露它的脆弱和不稳定
但在暗处，它的纠缠，胜于影子

被它的白和光致瞎。误读伴随我一生
我的心裂成六瓣。侧耳能听见炸裂的声音

2021. 05. 27

雪地里的乌鸦

雪与乌鸦，一对绝配。它们的交流没有声音
只有画面：一个为寂，一个为孤
白的更白，黑的更黑

一个静静地躺下，扩展成空阔的白野
一个穆然站立，像铆入信念的黑雕

身心交融，灵魂默契。没有悲凉、沮丧
形似一对好夫妻、好搭档、好书。相互烘烤和读写

穿黑衫的绅士，与着白衣的女子
献出时间和身体。彼此成为对方的一部分
任踩、任抹、任画、任塑、任琢、任呼吸
任摆布、任拆解、任深入

一对默契到融化、到终点、到源头的好搭档
在一场溃散之后，重聚

乌鸦，在一片纯白里，站得很安详
很随意、很轻松、很释然、很幸福，也很骄傲

互相接纳对方。占有、欣赏，到各自融化、消失

躺下的雪，有一种献身的伟大

2021.05.31

你的岸是什么

你的岸是什么？流水是什么
有时，想到你躺下，丝绸的衣裙像流水
抱着你的修长和凸凹流淌

花瓣隐现，快要溺毙。引起我的惊呼
在喉咙里卡壳，像呛了水

你的面庞侧向一边，与闺蜜说着话
像与另一条河流交谈
两个面庞，相对喜悦如绣球花，如玫瑰
神秘的成分，藏在阴影下

你们曾经站立，飞离地面。
溃散，互不相识。像雪花和雾
但仍是流水的一部分，仍是河流的前端

岸是竖起来的。边界是明确的
湍流之上，花朵和果实是互动的
隐现如诗句
只是在上下交索。青春在深入

盛夏、初秋，被果实追赶

河流被果实分装，各自为界

但脉络如通途，仍有流水形成

无论躺下或站立，都有湿润的春

酷热的夏、呜咽的秋

和安静的冬。都有或显或隐的流响

都有深渊和旋涡

你与你的闺蜜

带着旋涡和危险站立起来。奔跑起来

2021. 06. 01

果实悬空

果实并未结到树枝上，它在游荡
像被某种力量牵引
力与力，在它的两端拔河
它是一个结，拉紧或松开

一枚果实的形成，与树无关
只存于个人的头脑
别人并不知晓。不知蝴蝶效应
怎么搬运颜色和苟尔蒙
不知晓人体会变成树，结成两情相悦的果实

并未在盘子里等待刀子
而是被蝴蝶搬运着。花粉里
失眠的影子，敲着某人的窗

神秘的果子，像偶遇
像闪电走出乌云，又迅速收回。像日出日落
靠近一棵不知名的树
但它并不属于这棵树

2021. 06. 02

读一幅画

读一幅画，被颜料粘住。像蝴蝶
一生都在颜色中挣扎。在颜料与颜料的混合中，飞翔

蝴蝶不仅在花丛中飞，还把各种花卉
栽培在自己体内，印在翅翼上
它在幻想里飞。也在体内的颜色里飞

随着流水进入画框，进入某种湍急的泉眼
像鱼卵瞬间转变为鱼群，在一个巨大的子宫内

死亡是终极颜色，也是永恒的子宫
所有的飞翔朝向它。所有的光线聚敛夕阳
一位绘画大师，狼毫涂抹浩渺。我也一样被它粘住

一生飞不出画框。一生往无尽处凿
一生在体内的混色里，凿出一条终极通道

2021.06.02

期　待

装进壶里的茶叶，呈现什么形态
仅仅一小撮，足够释放所有的经历、经验与情感
濒死的干烈，对水的渴望，可想而知

丝丝声响，来自遥远的期待。沸水翻滚，淹灭了茶叶的浮躁
无论恐惧还是激动，均可毁灭一生

四季守望，隐现岭南岭北
途经雨雾和烘干，生死不止一次

此时的进入，为的是在沸水中，活得像撕裂一样

2021. 06. 02

一条特殊的河流

河水是干的。情感被方向盘驾驭
铁在奔跑。马达在脚掌下嘶鸣

雨滴有汽油的爆破声，蔚蓝的火焰在奔跑
一滴连着一滴穿过我的视线
我漂浮在流水之上
让它穿过我的过去，奔向未来

我俯瞰。像一只悬停的鸟
立交桥的栏杆与我焊接
流水在我之上我之下
带着它自身的燃点和目标
向家、恋人，过目不忘的果实，唰唰地奔跑着

这流水的雨滴保持着距离，不粘合不分开
互相避让或超越。死亡与新生等待着
一半精子一半卵子在构想中。但在奔跑
形成铁的流动

肉体中的铁。铁的肉体
屁股坐在橡胶轮子上

一条灰褐色的河道看不到头尾

这铁的合流在奔跑

带着未出生的婴儿和死亡，跑向站点或码头

城市的积木，是一幅悬空的雨幕图案

是柔软的分于的多岸

交叉着，重叠着．裂开着

为这些铁、肉体．情感的模型收紧或分开

汇集的雨滴，折射着死亡之光、生命之光

汇合却独立。一个方向，或多方奔跑

铁的浪花形成情感的内燃

花粉在奔跑中，走向花粉

干的流水。见不到源头看不到尽头

我在河面上像一只飞鸟

破开湿的、燥的风

悬空的衣服、牛仔裤

横在河道上空，被风拉成虚形

不能阻止河水的汹涌。只能避让

上下浮动。只能把自己化为虚形

尽管我被焊接在城市立交桥上，也要带着它们避让

2021.06.04

一张被风吹动的照片

从平实的桌面飘起来，悬空多时
仿佛把老去的自己，认定为一个物件
搁置在室内竖立，深情告别

有风垫底或拉扯
它在犹疑中，打了一个结
在风的牵引下，飘出窗外

它还年轻。要与很多不识保持沟通
要深入死。考察或试探它的深度
仿佛考察一个，深不可测的微笑
等待一个人的失败到来

一张照片有了风的推拥，就会旋转
自己不认识自己
仿佛对善抱有敌意，或不信任
它的执念是围绕自己
在透明的平静的风中，自带杀气

距离永远存在。隔阂透明

可以随意穿过。但不可以捉摸

2021. 06. 08

孤独的雨

遭到拒绝的雨，悬而未落
或者，从水流里被排除在外，相互不认同
既然是雨，必然落下

相信大地是干渴的
每一滴生命都有河道和岸
流水的拒绝，只是一种天真的想法
和平共处，相互融入，才会进入最佳状态

相信雨，是从地下往上生长的
也相信，它们长有手臂或翅膀
它们会接住我，把我引入河流
孤独是暂时的。我的不合群
往往是孤独派生的拒绝
粉碎和内伤，害怕与大地接吻

彷徨使自己悬空
仿佛遭到嫌弃的孤儿，拒绝合流
一滴雨在空间和时间的缝隙里，像一个逗号
它将连接什么，观望什么

殿堂，墓地，森林的群居生活
或者蝉的内部
它们的声音太干燥了
群体出发，是对雨水的威胁和需求

雨是透明的担忧的变化的勇敢的
也是犹豫的。这才构成一滴完整的雨
只有当它走过自己的全程
才会奋不顾身地跳下
砸向河道，或岸上的墓地

大理石与雨滴，抱着交际与倾诉的渴求
它在张望着我的坠落，不仅仅是山菊花

2021. 06. 17

什么样的爱比得上这藤蔓

什么样的爱比得上藤蔓
缓慢顽强地，把一座新坟覆盖

哭泣渐渐止息
白骨适应了这爱抚：
千古不变的静谧和遗忘。像孕育的新星

这种缓慢不能用假设和解构比拟
它能实实在在地，把时间化小并消化
一种增量的爱无休无止
让誓言不堪一击

进入这座山的林子
见到坟冢在藤蔓中隐去
密集的手臂密集的嘴唇
吐出温热的气息
将人世的炎凉拂去
雪在这里，用纯净
护卫着深眠的魂灵

震颤从空气中袭来

一瞥惊诧划亮天际
我看到无和空，被身孕充满
谁能渗透这茂密和强盛
什么样的海誓山盟能与之抗衡

这里的静透过岩层的厚实
时间在悄悄退让
何等坚固的耐心和坚持
陪护着没有回应的爱情
藤蔓、花草和山峦，乐于承担
以亘古不变的生长爱着这虚无：
宁静的舞者

无论怎样拆解和重组
文字都无法应对
这些仿佛静止噤声的藤蔓和野花
它们突袭了我的喟叹倾慕和羞愧

什么样的写手和画眼
能与藤蔓道感情识坚持
所有的清高跌倒并俯身
哑默以藤叶封嘴
搁笔和闭嘴是最好的臣服
倾听才是彻底的反省
让哑默与爱共生

自由繁茂地抒写这隔世的不朽

2021.07.05

走　动

他在深夜的广场走动
以为是独自一人
其实有喧哗来自近处和远方
他再一次确认自己：是一个人
不是一只乌鸦

他看了看身着的黑衣
确认不是羽毛：
"那为什么像一只乌鸦穿行在黑夜
而不受待见？"

他摸了摸胸口，还热着
像有什么燃烧，以至于外部像炭
逐渐步入熔化

他观望四周，灯火通红
人行熙攘。唯见自己像一座孤山
他敲了敲脑袋
木鱼一样空响
"这是怎么了？"

他再一次质疑：

"我真的还是一个人吗?"

2021. 08. 16

树　根

能想到它跑动的样子
但我并不想刨开泥土
它有隐私、有羞愧呀

其实，我见过它的模样
在飓风的夜袭下，世界崩塌
根从泥土里翻出
一蓬能打消顾忌的绝望
流尽白色的血

但一夜之间它又站立起来
用时光、泥土垯在根上
包括根，自己也在用力

根是石头的克星
遇到根的石头一般会碎裂
不知是根用力，还是石头自愿

根其实有化身也有代言
不信你去问问蛇和闪电

去刨开那深眠

2021. 08. 18

种子在哪里

问一位母亲：种子在哪里
她最有资格说
但她只是笑笑
像大地那样对我笑笑

种子在哪里
我想见到繁茂如星繁茂如锦
想把它种到后花园
种到路途上，昼夜发光

种子在哪里
我听到林子在说话
树叶在吐舌头，嗤嗤地笑：
你那么渴望种子
就把自己垒成山峰

2021.08.18

枝条飞扬

挑起肥满的花朵和果实
仿佛灯笼，从途经的季节走出
是的，从枝条的内部

多么像教鞭打在心上
但我并未感觉疼痛
每一棵树都是烈马
昼夜奔驰在原野
播绿荫，驱雾霾

枝条飞扬。像虚幻的情人
挥动手臂
随着时间变老
像大理石雕塑，在梦中喊出声音

2021. 08. 18

不能总是顺着风吧

它的暴脾气会随时发生
不知道它从哪里来何时来为谁来
它以消磨为乐。对，消磨

围绕一个中心
这个中心或许是某人某事某句话
为某句话而来
我活成风暴的中心
能不能说，没有我就没有风暴

不能总是顺着风
我的意志活成刀刃
脾气暴露风的本质不是柔软
而是粗暴、固执
它粗粝狂野的一面仿佛砂石
我的意志需要打磨
在对峙中愈显锐利

尽管被消磨到消失
也不能总是顺着风
风不会因为顺着而改变

一切树木果实都是逆风成长的
正因为如此，才会被我念想

所有的风，最终都会软下来消失不见
唯见果木葳蕤，令我景仰

2021. 08. 19

雨是有方向的

风是没有方向的，乱得无目的
而雨不一样
雨是有方向的，目的明确

雨从天上来。也可以
从地下升到天上
无论站立或躺下，都可以拉成直线
我要到天上去找源头
就先去找雨

可以顺着雨到透明的去处
翡翠琥珀玻璃，直到无物
我都可以驭雨抵达
海的肺，浪的梦，雪的泪
都能顺着雨穿越

顺着雨，找到杯子、嘴唇和酒

2021.08.19

种玫瑰的人

相信爱情，种植玫瑰
同时学说话：像一只鸟对另一只鸟

你经历肯定与否定
玫瑰经历成长和期待
你和玫瑰献出些什么
时间都跑哪儿去了
在体内孵化玫瑰的屋子吗

堆积的阴影叫计算
哦，一万朵玫瑰在学习计算

这很重要。把握献身和断头时机
学习达几级了
哦，拿什么固定表情和形式
让人相信，一切都是真的
用阴影养活表白吗

种植玫瑰的人
用钙质换回什么
用骨头支撑起那些阴影了吗

完全有理由，在玫瑰的面颊开一道门
问：心里的鸟长出羽毛了吗
有鸟在说人话吧

玫瑰抬起头：
"你准备好剪刀和誓言了吗？"

2021. 08. 23

无法画出本身的样子

一握笔，它就离开
脸如流水，无法将自己聚拢固定

无法让自己好看
劣迹像气泡一样冒出
阴暗的流泻分食着光线
诗歌在减少骨质
相信爱情等于相信夏天的蝉鸣
它们掏空玫瑰
搬运男人的钙质

是的，想抓住某一刻
给自己画像
但不断崩溃的表情
使时间和画笔，无法落到实处

种植一株玫瑰
等待它开花，剪下递出
但它并未肥满
喂养一只鸟，交换语言
练习相爱，但彼此错位

画什么呢？所有练习，使它放弃飞翔
人放弃说人话。石头一样闭嘴

每个瞬间都在溃散
画笔的羊毫，撑开如粗大的树枝

2021. 08. 25

路边的野花

对它表示同情和敬意
尽管把肢体伸到我面前挡道

让着它是有理由的
同感被忽略被遗弃
一朵野花自生自灭
它的顽强更需要怜悯

声音细小到只有自己听见
多么孤单、无助的一枝
它要完成自己的一生

面临被踩踏的危险，探头问路
不卑不亢
面对蔑视，仍在点头微笑

2021.08.26

一个失眠的夜拿什么去填充

失眠把睡眠抽空
反过来失眠占有的空间也是空的
如果不以某种方式去填充
它就会恐慌甚至痛苦

我对付失眠的办法就是不去理会它
当它不存在就真的不存在

我不会退出不会抛弃失眠
时间和失眠是两个概念
我有办法把失眠不当成问题
当它存在而存在着
它是一个可利用的空白
正好将自己没进去把空虚挤出来

我不属于我，更不属于失眠
只属于想象并且想象填充
这样，失眠就隐而不见了
只有工作，在推动人运转

2021.08.27

把一个人从人中抽离会怎样

不断从旧我抽离出来
旧我会成为被翻动的日历纸片
并非活着，但仍是一个存在

新我是不确定的而且很快变旧
是重是轻各有说法
看你站在什么角度

一个行好运的人正进入倒霉期
这是新我无法预知的
但新我会越来越小
生命如燃烛，会越来越短

旧我堆积起来像一座空山
既无形式也无内容
没有内容，就是空山所有内容

2021.08.27

如果乌鸦无限扩大

如果乌鸦无限扩大
我们看到它就是黑夜
唯一的亮光是一对眼睛
心脏是红的，像火炉，但被黑羽毛严实遮蔽

如果白天鹅无限扩大
就会满天飞雪
它的身体消隐无踪，就像雪覆盖在石头上

如果一支笔无限扩大
它就会丢弃墨水瓶，到大海里去吸水
如果水吸干了
就把头扎进冰山吃碎冰
碎冰没有了就去吃石头
石头没有了就去吃火焰

一支饥饿的笔，我要把它收紧

2021. 08. 28

飞

孤独的一个字。在我身体里养着它
不用噬血，只给它一点时间
让自己失眠

只有失眠可以拿出来与它分享
不是白养它
而是为了让它变成鸟或其他
变成子弹或意念
在我身体里，它就是个意念

我用飞驾驭飞
在飞这个字里引出鸟
想象也是。我把它叫作鸟

这样，子弹也可叫作鸟
从无性别的眼眶射出来
我被击中

而它在我身体里飞
我也养着它
不一定用血。用意念或失眠就行

它在我身体里飞

我们不以性别说事

一枚文字一粒子弹，在身体里飞

2021. 08. 28

虎

这是另一枚文字。我喜欢它
没有出没于森林
只是在我身体里
偶尔放牧在一张白纸上

我使用放牧去对待一只斑斓大虎
是因为它失去野性
没有虎牙也不虎啸
它的爪子并不锋利，但它美丽灿烂
霞光仍然甚至永久地，披在它身上
与肉体长在一起

它微笑。只有想象推动它凶猛起来
只有夜晚，在失眠中
让它变成一只真老虎
撕掉我的内衣揭开我的皮肤
噬我的灵魂

我不知道它是一只什么虎
或许是时间。或许是思念本身
一个已死的事物，我把它救活

让它伤害我

我乐意喂养并唤醒，这样一只死虎

2021.08.28

马

马是用来骑的
四蹄生风
从马中跑出马来
或者，自己抛弃自己，超越自己
但它在纸上始终没动
始终困在一团墨迹里飞奔

这是可能的。从墨迹飞入瞳孔
再飞入一个失眠的身体
哦，用一个飞，把马带动起来
用一枚文字，引诱一串文字

进入人的身体
才能真正奔跑起来，上升到飞

这时，我在一匹马的内部
骑着一匹马
在身体里奔跑
像我的手指敲在键盘上
发出嗒嗒的、清脆的马蹄声

2021.08.28

蝉

总觉得它的出兰和鸣叫是无意义的
直到把自己叫空
这座森林也没什么改变
把它置于白纸尤显孤独和无助
它叫。它们一走叫
难道虚张声势就能压住夏天吗

再强大的声音也压不住吧
只有掀起热更热
但它却有力量把夏天和自己驱散到消失
那又怎样？有意义吗

意义只对人。只有人虚提意义
与蝉有关系吗
一只蝉无数只应和又怎样
像一个人的内心轰鸣
把自己分解为一座森林
扩大成无限大的空间又怎样
能养活一只或一群，不变成蝉蜕的蝉吗

然而，却能生养一群，像岩石一样坚硬的蝉鸣

那又怎样

何时从蝉的鸣叫走出来
我情愿丢失夏天和一座森林
把自己的空壳孤零零地挂在树枝上
任风吹。在时间中穿越

2021.08.28

钥　匙

一直对钥匙的响声持异样的感觉
不知锁听到没有
锁在门环上会不会敲打玻璃
或者把自己稳住　在内心敲打钟锤

钥匙发出欢快的敲打声
是一把还是一套在碰撞
如果是一把，它敲打谁
又何以发出响声
难道是回忆和想象，自己敲打自己

一把或一套钥匙在途中还是腰上
或已逃离腰间，飞向既定的锁
把一座城门打开放出一群小兽
这跟欢快的钥匙有关系吗

怎奈我心里有一把锁，没有视听也没有锁眼

2021.09.01

任何一条线都由点形成

像省略号，或雨水的回撤
整体由零碎构成
而每个点又自成一体
我们看到线，回溯即可到点
我的脚步如此经历

最先的孕育，以单一的点出现
不完整，也不具有规模性
逐步变化形成阶段性完整

蝴蝶与花朵，以点线
画出春天的样子
一种声音与另一种，在天空相撞
如此迂回，把点连成线

挖掘语音的内涵，必须将它拆解
预热与沸腾，随时间一点点聚拢
人心由浅入深，达深邃之所不能达
目光由单一到凝聚，充满灼热
瞳孔里射出的子弹，出现过迟疑

我的音符出自我的身体

某一部位受到叩击，不是瞬间反应

注定我是个慢热型

要成为线形，首先

把自己变成，破碎的整体

2021.09.01

任何一个物件内都有一把锁

任何一个物件内都有一把锁
这就决定了钥匙的复杂性和多样性
同时决定了钥匙的局限性
钥匙的欢快是暂时的痛苦是终生的

钥匙的短暂性决定了它的死期
一把钥匙不可能打开所有的锁
就是小小的一路风
也不可能全部打开

露珠里有隐情
什么样的钥匙能打开它
倒影落进水里引起波纹互相追逐
一环套一环
这是什么锁
钥匙能欢快得起来吗

鸟鸣递给我一把软语的锁
我拿什么去打开它
套在腰间的钥匙没一把有用
沉默逃避着自己的无能

别钥匙的人发出轻叹
在空气中挤对空气
成为一把悬空的锁
敲击着的不仅仅是空旷

腰间配挂的一串钥匙
像不像一笼鸡哑默
对于锁只能终止它说话
终止它繁殖更多的锁
否则钥匙不仅不够用
还会因无能而逃逸

我见不到一把欢决的钥匙
心中的锁同样在苦闷中锈死

2021.09.01

停顿会引来什么

停顿引来围观。停顿者
成为疑点或期待
好奇心在停顿者身边围成花环
目光产生电击
等待渗透和肢解

停顿是对周围的扫描和捕捉
一只蜜蜂卧于蕊
有过短暂的停顿然后吮吸
对花蕊的深入是停顿的取向
肉身化为金身再起飞

在空中伫立的鸟
向人间发出昭示
影子留在停留处，自己消失

停顿是暂时的
并未终止行进
把自己派发出去
在意念中朝着多方向分身
若干个停顿续成追问

思考与凝视

既是休整也是加油推进

停顿像我呼而不应的名字

搁置不能太久

开始吧！向内心出发

为突破俗体发起攻言

2021.09.01

凌晨四点

手指敲击，形成多点
不曾相识的字词，相遇相知
但以围观或包围态势对我

这个时间段在迅速变化着
以字为马，驭风而行
以脑内的轨道牵引高速循环
仿佛自己追自己，指尖追灵魂

灯光在不停地倾泻柔和
它的铺垫是围困和追问
我奔跑在纸上或键盘
在天花板在有限无限
像上站追下站，起点终点交替
不在体外，而在脑内

它遭遇的不仅是速度
还有经验的追述
涉入与拔出，在空旷和陡峭间

2021.09.01

一个人的多面组成一个人

一个人的多面，组成一个人
旋转着进入红外线成像。终止也只截取到片段
人的多面会变化更多面，在丢失中丢失，变化中变化

一只乌鸦也有如此的变化。在早晨
黄昏、雪地、雾冈，有不同的侧面
偶尔的叫声或扑动，以及羽色，在肯定或否定中切换
多面，往往被多面否定

不必说演员和舞台的人设。我见过开在春夏，一朵花的摇摆
花瓣与蝶翅融合在一起，成为多面不可否认的事实

迎面的风，或反迎面，撞入对方的惊愕
风啊，吹过不同人的不同回应
风也不只是柔软。狠起来，连傲慢的浪也惧怕
风的多面，雨也不识

只有终止，才不致多变。而终止只是暂时
钥匙再一次，凸显孤单与无助

2021.09.01

第八辑

再说吻 （2022）

给酒写一封信

我要呼唤她，从酒中升起来
我的床榻空空

我要给酒写一封信
隐藏很深的高粱，蓄满了火
冷静地失去形态

这是存放在，时间缝隙中的一粒粮食
雪和山风，影子和碎片
如此安静、澄澈

我只对这杯酒说话
像雪花一样的信，寄给无言的空旷

2022.03.01

根 茎

根茎自然会说话。也会翻身
只要根茎活着，就会有繁殖
只是埋得太深太实
翻一次身，需要漫长的时间

你只看到枝繁叶茂，花开花落
却不知根茎深陷泥淖

根茎像蚯蚓一样吃着泥巴
像一条死鱼鳅封在冰窖里
但它是假死。它会翻身的
它死得越久，这地表的反应越激烈

2022. 05. 21

距　离

我们之间保持着距离
就像一只消失的蝴蝶
对峙一枝花，对灵魂发出拷问

其实，我们已经不存在
但问题并没有得到解决
搁置在空气中，由白变黑

枯萎占据了一个位置
它钉在那儿隐而不见
但并未消失。它只是被空茫覆盖

2022.05.31

风来过

风来过，没有人相信
风抚摸过尚未张开的叶子，更没有人相信

风曾睡在一朵花的梦里
或者花还未成为花朵前
就像一个女人，尚未成为女人前

风来过。堂屋或石阶
石阶旁的物件，可以作证

风肯定来过。石阶说：我还痛着呢

2022.06.01

两个物体间

两个物体间，肯定存在着疑问
它们为什么对峙
让沉默充斥其间

我从中间走过，被绊倒
或者被敲打
像一只木槌敲在木鱼上

对峙，却又腾空位置
花朵把新鲜，给了过去的蕊
蝴蝶把轻盈，给了飞翔

身影在花朵的枯萎中
腾出时间来，到处飞

2022. 06. 01

分　离

照片里的我，与照片外的我，分离开来
我们并没有同行，而是反方向行走
模糊的不仅是面容，衣物也变成铜锈色

指摘对方的背叛，怜悯对方的落单
一个在飞翔，一个在下陷

飞翔在镜框或相册里，仿佛进入深空
而我还在尘世，躲不开大雪披肩

2022.06.06

冬瓜地

我离开自己，去到一片冬瓜地
那是我至今找不到的地方。一个虚无之地

我经常遇到这样的强光和阴影，笼罩自己
当它消失的时候，我醒过来了
我活在声音里。但声音已死

我明明丢弃了那些江河
江河却像彩带一样，缠在我身上

一个，冬瓜一样青涩的人
一串，舞动青春的豇豆。令我深陷其中
他们在远处已死。却在我的身上找到出处

心被挟持。我无归路。只是想找个心安
而冬瓜地的林子，正好适合我居住

2022. 06. 08

收 藏

我收藏了很多诗人的名字，和他们的诗作
一如收藏一方土地

我无法触摸，却可以想象，文字与符号背后
跳荡着的灵魂之光
我了解他们炫耀什么，珍视什么

阅读和进入是一种需要
理不理解，都会被需要接纳

我珍藏他们。也是他们对我的捕捉
我喜欢名字背后的多人世界，对人生的理解，及弹奏

多么神秘的符号啊！像一个鸟笼，装着鸟的一生
像一只蝉蜕，装着一个夏天的，热恋与离怨

2022. 06. 13

在酒中提取音乐

在静止的追猎中，看自杀和向死而生
圆润与溃散促成弥撒
一如过去的声音还原语词
裂纹还原，懊恼与痛苦

喜欢空酒瓶把排遣当自足
在酒中提取音乐和在溃散中
追溯原物，并无二致
看自身不就是一只空酒瓶吗
只有空，才配有期待

自己是自己的墓穴
需要空来立据。无字碑也是碑
我与一只空酒瓶，一样具有振羽的空响

2022.06.13

家　具

每天跟家具打交道。某些已熟悉到遗忘
偶然发现它们蒙尘很深，怨与惊同时击溃我的心

太熟悉了。坐它们睡它们。但很少细听来自它们纹理的声音
那声音已细到埋进尘世深处。想到它们被时间挪动
也生病也色衰也老旧，嘎吱嘎吱的怨言，突然响起

太熟悉反而漠视。我实在不能原谅自己
决心给家具们洗洗脸，擦擦身子
搬动一下它们，表示我的爱
唤醒它们对这间屋子的初恋

也是它们才这么具有容忍心。新的来了也不嫉妒
唯有我，显得有些自责，和不自然

2022. 06. 14

雨　水

雨水在空中停驻了一会儿
房车是一朵白云
它探头如燕子出窝，向人间投送落脚的地点

把裂缝视为转世的出路，途经我蓬乱的头发——
歇息的又一站。试图在我身体里寻找裂缝
找到我的眼睛，和嘴唇
发现有一条通道，通向庄稼和四野

它找到一株麦穗，从根部往上爬
找到需要，成为攀爬的意义

每一滴雨，都有它内在的翅膀和眼睛
都有它，独立的选择和取向
唯独我望见的这滴雨，选择我眼睛的裂口

翅膀进入人心和麦穗。在内部鸣叫和飞翔
目睹和亲历一个人，变成鸟的过程

2022.06.15

寻　找

在水里寻找一滴雨，和在空气中
寻找一种声音
同样具有难度

一个混同于水，一个混同于空气
我们在彼时丢失或溃散
在此时的虚构中相遇
但已不能辨识

合为一体或混为一谈，而构成他物
我们改变了形态
但形态仍有不死的成分——
空气中声音的过往

俗体已死。记忆在老化
情感随着游尸变成碎片
肉感的成分荡然无存
但作为精神，一直在控制着思索

它穿行于思想中
对身体中的某部分进行挟制

无法在空气中辨识

却能在身体的夹角找到

残存的电的余波，沉睡的死去的闪电

2022.06.16

另一种温情

跟桌子交谈，一起共餐。跟床共度良宵
离去后，我们有回头的可能
温情，在酒水或棉褥中

细数这些家具，有的像狮子，有的像猫
它们不发声，却声音四起
我仿佛步入森林，与它们的过往交谈
沙发感慨最多，受到的压抑和屈辱，大于对它的关注

我坐过它。现在还坐着它
赞美它的柔软，但缺少尊重
忽略它的身世和出生地。我哑然于它的质问

感觉自己进入森林，家具们还原为动物
我处于风暴中心：像众兽围绕着孤独的王

2022. 06. 16

孤　独

孤独具有排他性、攻击性
但他脆弱时攻击自己，强悍时攻击别人
孤独是结果，而不是起因

人站上高处，感到孤独
神仙羡慕凡人——
他是连欢爱也没有的自杀者

封闭、排他、攻击，构成孤独
一座孤山，鸟兽绝迹
击败别人易，打败自己难

孤独是一个人的领地
是自己给自己，垒起的高峰

2022. 06. 17

堆

一个活体在果子内部，花朵内部，词的内部
有无限生长的可能

我收藏，但并未移动这枚球果
任何一个数词或量词，都不足以揭示其内涵和外延
无论作为学者或诗人，我都不配接近和深入

它在巨长。我在速缩。是的，在目睹它的一瞬
瑰丽与庞大，令我心惊

把它置于课桌而不是纸上，立体的它，独立于我之外
不是单一的字从我笔尖流出，而是一个滚动的集合体
必须经过发掘，才能深入

堆。一堆。堆垒。我发现一座果园，一窝富矿
向我逼视过来。不是我走近它，而是它淹没我

一堆，一丛，一簇。它在变化。生出我的喜爱和惊惶
簇花聚果的异类，须立一国去护养它。而我乐在其中

历史感的延伸令我咂舌。我必须是一粒沙子，去追随一座
　大山

2022. 06. 18

寂

她的背影黑中透红，像仍在内燃的炭
前面是水。脚下是岸
周围的林子，在她身后散开
为让出一对望眼，陷入岑寂

我已找到连接点。临近黄昏
周围的事物，面临夜幕吞噬

我收藏这帧背影。它会一直保持燃烧
让温暖，不致把距离忘却

2022. 06. 18

塑

拦截流水浪花，重塑水晶人儿
谁说浪花不能雕琢？流水不能回返

找到她的侧面，正面
找回诺言，不致被时光冲毁
找回眼眸流火，不致被岁月凋零
我在溃败中举起泥掌、雕刀，为时间塑形
阻止流逝，找回本源。回到雪的初始：冷

心中有岸。雕塑是意愿的容器
雕琢火焰，使它回到最初
在我的刀尖下，一切沸腾的流逝
都将变成冷凝的肌块

2022. 06. 18

窗未开启

窗帘未撕开，墙壁仍靠我很近
它们都站着，没有松懈的意思

躺在床板上，确认自己还活着
只是思维的活跃不能控制，也不能锁紧
半夜，寂静的事物闯入身体
仿佛我是养活它们的人

这时会忘我到不存在
会浮动起来。我并未意识到有边界

就像河流失去岸，流淌是恣意的
任何事物，都可以从我身体穿过
我辽阔得不着边际

生死在这里平等对话。爱恨情仇被抹去
一切都是平的。接纳与倾吐完美统一。像一幅画

2022.06.21

睡　去

沉入一道深井。床板和四壁何时消失，并不清楚
我来到死去的时间，与死去的人一起交谈
我的父亲，未说出他已离世
我随他爬到一个路口。他突然消失

我意识到父亲已死。同时意识到父亲有意留我
但又不忍心，我跟着他去

我醒来。再也无法闭上眼睛
把灯打开，真切地感觉到，我仍睡在床板上，还活着

人处于阴阳两界，意识模糊
须确认一下生死，是否丢失什么

每天早晨，我给母亲喂药
她老说"睡着了好"。我很反感她这样说
反问："真的一觉不醒，好吗？"

2022. 06. 21

给母亲洗头

给母亲洗头、剪指甲
是我近期在做的事
我总想顺着母亲的心意去做

她老了。手指像枯树枝容易折断
走路晃晃悠悠
我担心某一天她把自己弄丢
到一片纸的火光中迷失
她说睡着了好醒来难受
我就恐慌
如果一盏灯灭了，影子没了
我到哪里去找这熟悉的温暖

顺着去疼她挽留她
像挽留一片飘摇的树叶
如果一棵树叶落枝折
从地面退到地下去
这鸟雀站在哪儿唱歌
这朝阳去问候谁
这霞光不白忙乎吗

时间需要挽留
母亲这盏灯需要继续点亮
唯有做一些琐事——
剪指甲，洗头，喂药
其实是与时间和解
要求它以我的方式逗留在灯盏

母亲和婴儿互换着身体
我看到蝉唱尽夏，蝶剪碎春
都不如母亲抚养儿女辛苦
无情的时间，在掏空一棵大树
取了果实取枝叶，甚至摧毁树干

与时间抗争、讲和实出无奈
在大树下我被疼爱
但大树无法抗拒时间
大树老了快坠入地下去了

给母亲洗头，就是用清风洗树叶
替母亲剪指甲，就是在护理树枝
对时间妥协，就是想让那盏灯
继续照亮四壁
我做这些琐事，就是想给那盏灯添加燃油

把火苗扶正，就像

牵着母亲的手，把她的身子扶正一样

2022.06.22

老　屋

瓦片的缝，是寂静插进时间挤开的
是雨滴一次次叩开的
有主人从土层下探出头来

瓦片是扣在屋脊上的鳞甲
像陷进土层中干渴的鱼，泛着清辉
门洞空着喊话
像鱼张开嘴喊空气

为老屋做注释
像一本教科书，涌在路旁的野花中
成为某段历史的坐标
围读者，是小花小草
渐渐围过来的新房子，有些好奇
惊叹竟有一物，与自己竟有差别

老屋认得我叫我老先生
不过声音细微
像地缝里透出的一丝冷风，喊声怯怯

环顾四周，我为落寞惊讶

似乎我的头也扣着旧瓦片

裂纹继续裂开，抗拒着光的怜悯

2022. 06. 23

声音与蚊虫

从声音的一面，爬到另一面
仿佛窗玻璃爬过壁虎。冷静如铁

钻进声音吃肥满的蚊虫
哦，我的替身
你吃到玻璃里的蚊虫了吗

天空的玻璃，把声音夹在其中
寻找声音里的蚊虫
它叮我，确认它存在
我找它，确认它叮我

这是事物的两面：有了这一层，才有另一层
声音肥满蜇人，像刺，深入蕊

一只壁虎趴在玻璃上，铁一样守候
它饥饿。声音里爬动着，肥满的南方蚊虫

2022. 06. 24

读　诗

站坐都没能走出那些句子，仿佛湖泊映照在脸上
仿佛她的脸，是澄澈的诗卷
她已不够真实。丢弃的零件，仿佛那些笔画

她的脸一波一波远逝。骨骸架起的诗句，在水底燃烧
读取是误入。深入却不能自救

她的脸照耀着落水的月亮。月色碎满池塘
我在泛化的句式里，化作一尾鱼儿
不时下沉，不时拱出水面。这窒息的呼救，谁能听见

2022. 06. 25

夜

看不见对手。自己跟自己打起来
找不到解决问题的方案，把自己作为问题

爬山没有感到山在脚下。在自己设下的林中提问
转过一弯又一弯
遇到熟悉的人，要么在空中，要么在地下

一些离自己很远的人此时最近
把不可能作为可能，反复攀爬

一些躺下者并没有沉睡。一些远离者却在暗中盯着
把你视作一道逝去的空山，悄悄潜入
以不惊动，来惊动自己

与他们无法谈爱。爱已远去
仿佛一切都不存在。一切都被悄悄收回
在自己的故事里，堆垒故事

夜色堆码成墨块
搬运与攀爬，都象一盏灯，将自己照亮

2022.06.26

作为阴影存在着

曾经真正存在过，但不证明
他就真正存在

以前有很多人穿过他的身体
然而不真实。他就是个虚幻
他的心并不存在。阴影却存在着
在热闹或寂寞时出现
像捣乱鬼，说一些不着边际的话

我们已经离自己远去
堆垒在过去的痕迹显得多么空
你的笑若有若无
你的手抱着那本书，来自天堂
身边笑着的那人，虚幻而空洞

他一直在回避着你。以虚假的笑陪着你
多么空阔的笑。空到不着边际

2022. 06. 26

形　式

必须找一个形式把自己固定
我的思想无形地流淌
漫无边际，不知所云

如果是流水，就应找到河床
如果是鱼，就应沉入池渊
如果是曲子，就应到竹林去伐竹
钻孔，做一杆竹箫

我需要容器需要岸
需要流淌需要存储

如果我是蜻蜓，愿意站上你的指尖
如果我是高粱，愿意融入酒坛
而你是月光做成的坛子，窖藏天地

我多么想，深埋在这天地间

2022.06.26

大　雨

隐形的翅膀飞了一夜
同时飞往三个方向：地下、大海，和我

把我浇透、淋醒。像子弹像圣婴
窗内窗外，起程的地方未知
收敛翅膀的时间未知。深度未知
它的翅膀隐形而明亮

缩小到针尖。扩大到仰望的天空
雨丝密集的编织物，捕获万千嘴唇和眼瞳
土地不裂口它不来。胃不冒烟它不来
万物不呼喊它不来

它飞了一夜，我梦了一宿
隐形的明亮的翅膀
把我覆盖。但我未湿
大地湿了。林子激动了。蝉的燥烈浇灭了

大雨飞了一夜
还将继续飞。朝着大地、海洋，和人心

2022.06.27

对音乐说点什么

音乐是个赤裸的物体，像喷泉，水晶
像少女腮肩贴紧的罐子，向外倾泻着什么

音乐是赤裸的。但又那么缥缈。近似无物
而空只是个骗局。像空酒缸那样充满渴望
像酒那样，平静而暗藏杀机

我为什么信它？情感的杀手
一对白天鹅，把我带到天上
女体的幻化，白月亮，拉我沉入水底

白衬衫燃起月光的火焰。雄性的胸肌幻化成崖岩
陡峭而致波浪。乐此不疲地，将自身粉碎
从粉碎中，我们捡拾到音乐的颗粒

晶体的雄性和雌性，有如溪流和洪峰
我被牵引、切割、掩埋、拯救
难道不是吗？把我从广场拽到床上
从床上抛到天上。埋进果核，再从果核抠出

一朵花蕊，音乐泄出。向上向下

让舞者为之献魂

诡异的音乐，藏身于无物

隐性的捕猎与侵扰，让想象不着边际

哦，桃子！你砸向谁

我该怎样抵御和承受，你诱人的馨香

2022.06.28

对水中的波纹无法把握

像我随时变化的心境
一片落叶，会震动我一生

手的入侵，多么像藕叶下的根茎
池塘沉寂的淤泥，似被翻耕一样
卷起一阵，清污混杂的欲念

你的眼瞳，有预谋久候
星星相撞，不仅产生亮光
也有融合，或毁灭的可能

涉足就更难辨了。不仅洗不白脚
你的抽走，反污了一池清水

无论怎样，都难以安抚我的心
它晃动如波光，几乎无法收聚

2022. 06. 28

在广袤的背景下

在广袤的背景下，一张白纸，就是一片天地
每个人心中，预留了一张白纸

在这平展的无垠上，搁一枚文字
可能就是为我打开的窗口
置一支笔，可能就是，为我竖起的爬梯
如果画一条裙子，再画一尾鱼，可能就是我在游动

眼眸汪汪。我在纸上开掘一道风景，引来一道清凉
不妨走近它。只能走近，但不可能进入
它的清澈不容搅动

让它保持对事物的陌生。对我，就像对一张白纸

2022. 06. 30

人在奔跑时

人在奔跑时，可能离开地面
就像飞机离开地面一样
风和时间，将自己分离、拆解
一部分落入田野，挂在麦穗上
一部分沉入池塘，一部分在飞

我朝前，万物向后。与自己并行的时间
毫不犹豫地拆散我
迫使我分解成若干部分

一部分去读诗。诗将我，再一次分化
一部分进入宠牧眼。它哀悯的样子，让我停留
一部分进入月亮的白。真实的破碎在水里晃荡

我在行走或奔跑时，我还活着
落在身后的都死了。月亮死了
鸽子的扑棱死了。波浪死了
诺言和它托起的双峰死了。流水的动荡死了
劫持我的一部分，也死了

让死去的成为记忆。这记忆才凸显意义

让自己变小。变得更尖利。这是磨砺的馈赠

与风摩擦。而风，许我以分解——

这是风的果实的呈现

反向的推力，让我的一部分活下来

活到，被所有向后的存在掳去

2022.07.01

她与父亲

在她生命形成之前他已出现
但她并不知道
后来叫他父亲
这是她接触到男人的第一个概念

她不知道子宫这个概念
不知道谁生的她
从襁褓到少女，只有父亲在喂养和陪伴
知道自己是父亲身上的一枚果实
知道血脉像河流，从上游流经到下游
知道四季轮回，与父亲有紧密的关系

父亲是天，是树，是伞
没有父亲，就没有太阳
知道谷穗、苞谷、大豆
与父亲的汗，结在一棵树上
它们同样是，父亲结出的果实
父亲是根茎。生活是旋涡

母亲只是个传说。奔月去了
模样从想象的花开中，升起和消失

父亲年迈如老牛

河流在他的体内弯折

回到乡下，看什么都像父亲

父亲的愿望不死

深挖能挖到愿望的根

父亲把她从身上摘下

交给另一个，像父亲的男人

2022. 07. 01

凌　晨

凌晨被文字肢解。摸着我的肚脐
自右向左循环。我在旋涡里自救
搞清楚肋骨几根肾几个，心脏和肝肺有没有缺损

承受着文字的折磨，轮番转成旋涡
我被吸入拆解。站在上方收拾残片
俯下身来，捡拾我的肾

肾如残月。我是个，缺少阳刚的人
想到心脏支架、内视镜之类的器械
我要去适应，所有光芒的挑战

鸟鸣的旋涡。文字的旋涡。腹部的旋涡
它清晰地存在着。我正在打捞自己

2022.07.06

提着清风

提着清风见我，漏了几许？提着月色见池塘
谁被触动？无影之人，走进我身体的漏洞
可我什么也不缺，就缺少欲望
把一幅画挂在墙壁上，不当真才是真

你提着什么来去不重要。我知道你的轻
浊重置入颜料被碾压。涂抹虚无，能剩几许
这身影与情愫薄了，适合挂在淡忘中，讨要回忆

把凸起的部分抹平。声音的质感消失
影子薄到没有质量。我们都在变轻
如纸上的薄翼，灵魂无牵无挂

2022. 07. 07

说问题

身体的某一部位，有一口井，直通你的思想
一串钥匙对准问题撒欢。所有的若明若暗都有锁眼

在问题上打孔和在绳结上打孔，都是解决问题的方式
都是窥探和销蚀。由此发现和解决更多的问题

钥匙是锁的需要。是配套
钻探是研究与取舍的需要。是此端到彼端必经的历程

一生有很多事情要做。太多疑惑造成我的饥饿
一句话、一个手势、一个眼神。我从表情的瞬间
撕下一个微笑。我在开掘和深研中，费尽力气

前辈子我是个棉虫，后辈子是钻
你的背影枯干还是湿润？熄灭还是燃烧
蓄意卷起还是无意展平？搁置在那儿等待饥饿

上帝给我置入需要。不仅是脸，还有额头上的一粒痣
一绺头发或任何部位，都可能存在，或掘出一口深井

你得侧身、摇晃、躲闪、迎合、暗示，或不予理睬

都将成为我，深入的工作

是的。我把开掘与销蚀视为工作。你的所有秘密，最终成
　　为没有秘密
都是我所为。我是问题的工具，把自己解决掉

我们各自达到目的。把对方和自己销蚀掉
把问题钻透。从一端到另一端，钻出光亮来

让我们沿着光亮的管道继续。我们所做的一切，都是为了继续

2022. 07. 08

提到雪

说到爱。必再次提到雪。燃烧，消融——
爱，具有这样的特质

覆盖石头和种子的雪，与爱有关。这饥渴看似要吞掉朝霞
　与落日
一切坚硬的柔软的都企图吞掉。消融也是一种坚韧

捂住伤痛，迎来清溪绿草。雪以一种方式替代另一种方式
爱着。毁灭。再生。雨滴化作眼睛。流水狂卷砂石
撞向爱的对象。包括恨。雪以毁灭和升腾表达
千百次的消融与凝结，对准一个点

那是谁啊？是所有是没有。爱是雪。这燃烧这消融

2022. 07. 08

我与石头

曾在半山腰坐过
那儿有骆驼刺，山茶花
还有蛐蛐儿躲在石头下
更远处有墓，像潜伏者

我坐过那块孤独的石头
每次来去都要坐一阵子
它个头不大，像我的缩影
内心出自一个模子
我坐过它。每次来去
我都要把自己存进去
我们相互交换着身体
渐渐地，它在行走，我在歇息

我知道，有一道伤口叫墓穴
离我很近
只有当我填进去
它才不饥饿，不疼痛

我在石头的棱角歇息
石头在我的柔软打磨

直到彼此都磨得光亮，最终融为一体

我们都无法找回过去
但我们交谊很深　直到分不出你我

我的朋友，如果尔有情爱有眼泪
可以来坐一坐
或许它能像一枚坚果裂开
它不能忍受以泪为凿
不能忍受，以回忆去敲击

这是一枚可以复活的石头

2022. 07. 08

画　像

鼻梁似峭岩分开左右

面如雪野，向后包抄过去

后脑勺像月亮的背面，饱受质疑和打击

额上披挂的云絮适合做窝

由黑变白，栖鸟和栖夕阳，都是允许的

两眼泉水，既清澈又浑浊

红浸入蓝，融于黝黑

倾尽积怨，漾满浮冰

耳朵用来听风、见上帝

但不用来听话。谎言已将它毁损

也曾唇红齿白，蜂蝶意欲偷袭

语言粗沙般滚出壶口

落地生根。苗向下

不再对世界说三道四

2022. 07. 10

一缕音韵

她拥有的，正是我缺乏的
甚至是所有人缺乏的
但她又与所有人有共通的特性
仿佛来自白云，做过雨滴
从渺小和透明开始坠下
朝着一个点，深入到另一个点

从她被孕育，就已在孕育他物
与周围发生着关系
最先与光线，后来与目光和人心
在她身上，由表及里地丰富着内涵
特质，开始挤出她的体表

无意识和有意识，以灼照的方式
对他物施加影响
包括受到伤害
而伤害也许是相互的
她制造的麻烦困扰着自己，也使别人受到困扰

我遭受过这样的辐射
对白色特别敏感

如一朵云闯入另一朵云
这会发生不可预知的结果
可以是现实的，也可以是梦幻的
就如语言，无声或有声，一直埋在我的心头

一个人如果引起注意
语言就会从他身体产生
轮廓将从虚拟变得实在，显示出多个侧面
晶体一样发光
重回婴儿，走进玻璃的中心

我和她共同在耗费着某种资源
她的无意识在毁损着她
而我被有意识折磨，也被语言折磨

这时，她成为中心，兀立在我的观察中
而我站在圆弧外，成为书写者
被她消磨。我是围绕她的一缕音韵

2022. 07. 15

看见她

看见她从自己的身影中走来
骄傲着，而后空虚着
持有的时间，骄傲比空虚要短
她俯身桥栏，观察自己一点点少去
多么奇妙的流水与镜子
任何人与物，都无法脱离它的观照

她的一部分被流水带走
包括微笑的一部分乳房的一部分
以及信心的一部分。她全方位变化着
流水一刻也不消停
它的长手臂有形无形地存在着
没有怜悯心

无休止地拉长一条身影成段性
直至全部消失
它还原了俯身桥栏的美丽，而后又消减它
让鸥鹭围绕她观摩和审视

我们只能看到她的某一部分
喜悦或忧伤

骄傲在鸥鹭的审视下丧失

观察者也不例外

他的消失可能先于桥头，她的消失

不排除她在审视观察者

并为她所观察到的变化，深感怜悯

2022. 07. 17

一切都在离开

吻过的船桨离开流水。流水离开河道
一对晃动的月亮离开辽阔的身体。蝴蝶离开花枝
蜜蜂离开蕊。蝉鸣离开蝉躯。路离开脚。爱情离开诺言
呼吸离开口鼻。指尖离开弹拨——找不到心跳与琴弦

唯有闪电在分身：一只长虫隐入皮肤；一支曲子仍在游动
一条冷凝、炙红的锁链，进入思想的墓穴

一切都在离开。绝不会在尖叫的树枝，吊死一枚甜蜜的果
它要飞起来

2022.07.20

把自己唱成空巢

把夏火唱灭。把自己唱成空巢
把夜晚唱红。把耳朵唱成大海
把嘴唇唱成两条红蜈蚣

唱如写。身体摊开成薄纸
把纸凿穿
把文字唱成钉子锲入内心的白墙
把蝴蝶唱空，仿佛
永远无心无情无志
永远是个虚无，被时间钉在碑石上

把自己摁进墨水瓶
以为墓。以为安息。以为永宁

2022. 07. 20

尖　叫

尖叫的针射向天穹，射向一颗圆球
然后掉转头来，扎进人心
像扎根肉体的圣延树，花朵明灭如灯

与尖叫的针尖对视，不是某人的专利
它已普惠到，每个幸福或痛苦的人

幻想带给我的世界，仿佛闪电劈开乌云
后花园白卉正吐。栀子花的乐队，推演一场盛大的葬礼

不再尖叫。回到内心轻抚伤口。让余音铺成柔软的垫子
让逝去的风景，转为步入琥珀的观摩

2022.07.20

穿　越

只要我们有思想，就能穿越俗体
但这思想，一定要很大胆很赤裸，像闪电无所顾忌

不要一切寄予俗体，它只是思想暂时的居所
像鸟儿栖居树木，我们受俗体囚禁

穿过俗体虽然可以借助尖叫，但尖叫很快消遁
像一支飞不远的箭镞

一定要抛弃俗体，它的速朽不能将思想保留
一定要将思想，注入时间的光管
虽然一瞬，但能抵达目标

摒弃尖叫然后穿越死亡，到它的背面观摩它的正面
我已抛弃骄傲与哭泣

把箭头插进时间的石头，等待它苏醒

2022.07.20

一生最大的收获是想象力

我在上帝指导下乞讨。为虚构了无数个自己欢呼
就像浪花为浪涛欢呼，我向阳光伸出乞讨的手臂
在炫目中过着，充实的生活

上帝啊，我在反复练习你递给我的剧本，它那么深奥而富
　　有悬念
直到演绎完成也不知道其中深意。精明的上帝！你把我带
　　向何方
让我在想象中虚耗一生。你在发笑吗？有过悔恨吗

无法止住滑行。想象力就像波浪，推送着一只小船
我既是船儿又是划船的人，在惊涛中自救
想象力把我推上岸来，风和日丽但空无一人

我来这里干什么？不知一座桥一朵玫瑰，意味着什么
也不知这茫茫四野，何处能让我心安

我是一个乞丐。唯一的资产是想象力
让这财富把我埋了。这里能让我笃定
把自己埋在空旷中，让所有人看到，我的赤贫与暴富

2022.07.22

一生中能遇到几个自己

每天都在经历中穿过。我们回头，对自己进行审视
看围观者，对冷却的事物指指点点：
"他多么幼稚！他的可爱在于不知道可爱。"

他把自己丢下往前走。他丢下多少个可爱、愚蠢的自己
爱别人不知道喊出。爱自己不知道接受
不知道爱的荒唐和容量

自己曾是个烧窑工，架起柴火跳进去焚烧
演绎一场悲苦大剧。哦，爱就是盗火与自焚
提供火种的人，你是怎样的导演

我们从点燃的大火里逃离出来，大呼愚蠢
我们上演的社会剧，难道不是这样吗？
树木中隐藏的智者，掩面一笑： "多么可爱又可悲的
　　人类。"

而我在不断地推进苍老，竟然把自己骗了几十年
为了意义，不停地攀爬。看见自己反复受难，为此惊喜

大火焚烧，而火已成雕塑。大浪粉碎，而浪已成雕塑

最终走进极寒、极乐世界。我们演绎人生大戏，自己充当演员
最后，我们走下台来观看

这就是命运！我们将自己托举，然后放下
从雕塑里走出，又重入雕塑。为自己，塑起冰与火的冰雕

2022.07.22

给净水器换滤芯

我喜欢一个人做事一个人喝茶
一个人分裂成多个

自来水从净水器的滤芯过滤
这缓慢的过程像我
站立在空屋内，让时光从身体中穿过

从净水口流出的水纯净明亮
细如线滴如珠
就像我的叙述经过缓慢的过滤
清楚明白
等待的意义是去除杂质

我在过滤中分裂成三人
站在净水器前
这个过程如我经过三个滤芯
或者替代滤芯站立在空屋

打开入口和出口，让时光经过
这时光的杂质和异味需要过滤
就像我的叙述

等待是缓慢的，然而有意义

就像我在这空屋站立
分裂成多个滤芯分装和流泻一样

2022. 07. 26

求　证

单薄的影子需要身体来证明
承诺需要兑现来证明
多重影子需要多少人心，多少可能性来证实

有人用苦和重证明严与慈
用复活证明死亡
用呼唤证明消隐
用抚摸伤口和自慰，证明孤单和岑寂

谁能称出影子的重
谁穿过影子装订的书
谁逗留在情节之间，借此环顾人心

老虎的影子压迫着狐狸
孤儿被遗弃的阴影压到成为母亲
影子的重合与分离像交错的大山
需要穿越和环视来取得实证

有人同时遭遇三重影子
就像一朵花遭遇交错叠加的翅膀
菜篮子遭遇果蔬的集体反抗

多少人在影子中嚎叫，多少善恶对峙死生

求证影子的深度和宽度
我们如何从逼近中撤离

2022. 07. 29

一首诗不够就续写一首

一个充满疑问的身体
用一蓬文字来分解，未必释透
如果写一首不够就续写一首
就像一瓢水太少，就用多瓢汇成湖

一首诗一瓢水，不能冲走淤积心里的泥沙
也不能缝合身体的坼裂
我们就续接大海和波涛
借蝉鸣在我们的身体挖坑
挖隐埋的文字，续写和释透多重疑问

生命被疑问充满，又被拆解掏空
人生如结，又被人生拆解
消失是彻底的拆解，需要堆积去助攻

写一首诗不够，就拆我的肋骨取我的心脏
去构建新的整体
活着需要拆解，和重建去支撑

一直不停地写下去
直至将疑问释透，将自己掏空

人生的终极目的，就是将自己掏空

2022.07.29

在诗歌里看见什么

诗歌呈现灵魂的片段
展开的方式是文字的表述
而文字是活的，有颜色有温度的生命体
一枚文字，似一只大雁
一只蜜蜂，或一株植物
只有具备生命的文字，才能去述说灵魂

文字有实的一面
也有虚拟的一面
每个人心里都有个池或库
存储知识和认知，被心灵圈养着

不同的人吐出不同形态的文字
反映了这个人心性、灵魂的一部分
每个人心里养着一只，或一群
属于自己的动物
我们看见文字从人心孵化出来
具有某些动物的属性
它给灵魂塑形、染色

灵魂在诗歌中呈现的形态

像月亮的两面

充满悬念和未知

不断追问引起追问者分裂

灵魂是裂变的，不可以综述

2022.08.01

轻与重

一片落叶，和一粒灯火的熄灭，孰轻孰重
我看见一个老者，和一朵枯萎的花相恋
他们朝着轻的方向飘去，直至消失在天地的合缝处
我看到轻、蔚蓝和空，消失换来的明丽

将浊重的自己，一点一点剥蚀
像擦去黑板上，我们的四肢和头颅
在某处消失，一定会在另一处出现。有如霞光和流云

轻的梦带给肉体安宁。将病痛和恐惧摊薄
澄澈会安静地流淌吗

一切浊重都将经过焚烧，速朽会因此转化为永生
岚烟升起在群峰之间，果树年复一年生长
见证了浊重与烟缕的转换——这是上帝乐于见到的结果

2022. 08. 07

承　续

一个早晨，续接另一个早晨
在失眠中寻求意义。而意义真的存在吗

沙砾中杂存的亮点是金子吗
对淘洗者带来什么样的惊喜
冰块真的会燃烧吗？对于一口生病的钟，会有启示吗

病钟的想法，多于时间的想法
流水在失眠中打捞蝉蜕的声音，像在无雨的酷暑救治一棵植物
能听到它们的呼喊吗

我陷进黎明的曙光中。光点仍未将自己渗透
在寻思中承接又一个早晨，反复做着一口病钟的事

所有的想法擦身而过
或许，他们正在展开，关于语言的论证

2022.08.07

消　失

要有多少个消失，才能拉近，与梦境的距离
而这个词，又被多少时间穿过
即使把梦和境铸成现实，难道就不消失了吗

我们在时针和分针中磨着，听见时间被卡住的钝响
最终，以一己之败结束

我们提出课题，却深陷在课题中
相互解体，向另一个刻度滑行。找消失来见证消失

在消失中寻求意义，正是一口病钟寻求的意义
命运接近终点，便以空缺来兑现

2022. 08. 07

早　晨

众人处在睡梦中。连鸟儿都懒得翻身
我就开始练习鸣叫了
在梦中在内部，打破它的安宁
就像把一块石头搬离路面，让它隐到林子中去

大雾笼罩，美人慵懒。像朦胧中躺着一条蛇
我喊：起来吧！有眼睛在呼吸你

打破宁静，到现实中去。驱散那浓雾吧
让我们在穿越中看到雾散
早晨的山林，千万只张望的眼睛，我要呼吸你们

那条美人蛇如何站起来
把自己隐藏。而我们，又将在何处消失

2022.08.08

语言在路上

与心灵和喉咙，保持着距离
诗与诗人处于分离状态。然而，两者在靠近

上帝潜藏的语言，只有碰撞和发掘才能找到
皮肤里有波涛。花蕊里有风暴
陷阱在脚下或不远的未知。语言发生在碎裂中

哦，我在空气中游离。不测在隐蔽处
大水在睡梦中发生，从床铺上层，泼向下层
不相往来，将由此往来
从外切入。从内掏出汩汩洪流

突发事件引发语言的爆发
隔世有花开。皮肤里的波涛，将我淹没

2022.08.09

关于时间

时间是慷慨的也是吝啬的，它把整块划为若干单元
我们每个人分得一个单元，但又不得永久占有

时间具有穿越和孵化功能。从根本上讲是不可捉摸的
不可捉摸才是时间的本质

把自己打碎，分给我们各自一点
但不是给我们享用。它太昂贵了
每一秒都包含着死亡和新孕
我们不能舍弃时间，因为我们被它抱紧

万变的过客。永远的宿主
比一个吻恒定，比一个爱紧密
万物在它的亲吻和舍弃中，无法脱逃

我来到时间的子宫，毫无知觉
它正在孵化我包括它自己
我们将变成什么不能确定
因为它太强大。既可成为人，也可变为鬼

强调时间的整体性。它偏偏将片段呈现

并强行你去亲吻它

它把你抱得太紧，只有不挣扎才能感到宽松

时间啊，碎玻璃一样砸向我。把我分裂和拥有

2022. 08. 10

镜子有还原空白的能力

我们在镜子看到的，其实并不是一切
它包括真假两面。如果要进一步追问
它真实的一面就会翻转，成为假的
假才是镜子看到的本质

我们在镜子看到的青春，其实是流逝的
看到的完整，其实是破碎的
我们端详镜子中的自己，不是一个真实的自己
如果把镜子打碎来看，也许更真实些

自己在时间中。时间在镜子中
没有一刻是完整的。我们其实由碎片组成
瞬间的聚合瞬间的破碎，才是真实的
真实的情境，既破碎又完整

但最终是一片空白。这个空白
比死亡更彻底，更空旷。因此
在镜中沾沾自喜，或痛不欲生，是不明智不可取的

我们抱着空白看待镜子，镜子会很平静
它认为本应如此。一切经过它的都不会留下痕迹

痕迹刻在人的心里。和镜子一起，伤害着照镜子的人
只有忽视，才能免于被伤害
希望被镜子记住的人，要么痴要么妄

深入镜子，为自己被拆散而惊骇
更惊骇的是，无法取走，心中这面镜子

2022. 08. 10

有一盏灯在跟着自己走

盛夏的夜突然凉爽
地上天上都点着灯
心情如天气，一下子明朗起来

走在路上星星关照
走进草丛萤火虫关照
转入池塘蛙鸣关照
咕咕声象喷泉，打在心上

心情好的时候，再黑的夜
也会拉开帷幕，走出个满月来

今夜，我像一滴露珠
整个人透亮
连叙述里的瑕疵，也被月光剔除了

但总觉得这心境有点假
埋头仍见，尾随着阴影

2022. 08. 10

老路重拾

一条玩熟了的蛇，还想重玩一回
虽然被它咬过，毒液未消

玩一条蛇玩到它疲软，对我失去兴趣
玩到它毒牙脱落，毒液流尽

老路重回，就是回溯自身
自己不那么可憎，又何必嫌弃自己

老路重回，就是重新认识自己
找回那条蛇再玩玩，看清它的本性

它其实不那么可怕。一条熟睡的蛇
知道好好爱自己，做个大家都愿意做的梦

一生祈福、求平安
做到在观赏中你来我往，互不伤害

老路重拾，就是转圈，走得再远也得折转
好比那条蛇，自身已成道路
何必将自己灭了，重拾他路

承认自己有不可改变的本性

就好好活着。最大的愿望是，不要让人误会

不伤害别人，也避免被别人伤害

走自己的路。一生修来一座山，做一道风景

2022. 08. 13

在一粒种子里打转

一辈子在种子里打转。长成树，花朵，果实
折返是一个梦。一辈子走不出一个梦

人生就是梦生梦灭。最终还得重回种子
我愿是一团火，被种子吞灭

叶子在地面化成枯井，它那么深透
原身到哪里去了
腐烂和消失只是折转，追寻一个梦重回果核

不要为秋风劲硕而呜咽。不要为道路陡峭而自哀
一切都在自己体内。原本就有，何必自弃

对死亡爱得至真至纯，好比墓穴受到青藤的热宠
我爱自己的墓，如爱子宫

2022. 08. 13

谈谈具体的丢失

身体某处成了漏洞，必定想到丢失
必然要问它去了哪儿？是谁将它领走的
还能回来吗

这丢失具体到牙齿，舌头
为青春代言的头发、皮肤、血液
这些被称作旗帜与呐喊，到了哪里
是丢失了一部分，还是全部

有人问祸福和心情。你的漏洞作何回答
丢失到底带来什么？能回补吗
有人因丢失惊恐万状
是啊，这是瞬间也是永久的事

丢失了自己似乎不要紧。那什么才要紧呢
丢失了信仰崇拜依恋会怎样
这些东西似乎不具体。无关痛痒
那什么才引起疼痛？引起疼痛的丢失又是什么呢

是记忆吗？对！丢失了记忆也许会疼痛或不疼痛
这样的追问十分无聊

其实，我已到了无法谈及具体的时候
我没有钥匙，去打开记忆的门
找不到我的腰，皮带无法安顿
找不到我的脸，不知去了何处
我的强颜无法安放欢笑
都失去了，还有疼痛和恐惧吗

无法谈到具体和疼痛，难道不是令人愉悦的事吗
真正的愉悦，是触碰不到疼痛
真正的空是丢失了所有，那该多轻松啊

不必恐惧。不用找寻。找寻是后人的事
比如，那些丢失了父母的人
会带着钥匙，到特定地方，打开特定的门
但与痛苦无关。那又与什么有关呢

2022. 08. 13

谁

这个词里，住着你我他任何一个。多么大的一间屋子
住着任何一个可能性：小米小狗小雪小聪明小阴谋
当然，也可能是大智慧、大愚蠢

谁啊，装着小心眼小心思。自己将自己挤对
像声音挤对声音。像雪挤对雪。我听到喳喳声，响自天堂

谁啊，载着若干个自己，若干个可能性
载着谁也看不见的，即将发生的碰撞
说它是种子是风暴是爱，是一种演变，都行啊

像一艘航行在夜里的沉船。它有方向，但突然没了
仪表，在反方向，或无方向跳动

沉闷、清晰、急切、绷紧、折断的声响
来自迷惑、恐惧的敲打。像雪与雪的容忍与挤对
像对一种狂热的抗拒。像崩溃

一个自带危险的滑行。唯见仪表，脱离设置的路线
像在泥土里航行。去追述一个或更多个可能性。像某次空难

多么大的一个家啊！像一个正在吹奏的婚姻

明亮的池塘，夜间的飞行

谁啊，你我他。或一个疑惑，压迫着此情此景
谁叫我们有心有神经有智慧，有变化有反转，有小计谋小
　心眼呢

一个可能性压着一个可能性。一个追着一个
像一朵云爱着一朵云，然后合成一朵
一万个月亮压缩成今晚，突然进入云层密谋什么
明天将出现什么情况
当然，有人会乐观地预估。但这预估，一万人有一万个可能

谁是谁啊！在推动着一个旋涡，奔赴一个旋涡
正是笑声温暖、推动着我们。一艘在黑夜行进的船
一只在夜空穿行的鸟，悄无声息地，带着病毒和危险
无人知晓，也无人相信

只是某种可能性，在恐惧中存在着
就像一次家暴上演。就像父亲松开儿女的手，从高空落下
就像绝恋遭到反讽。就像直播夫妻对骂
哈哈！一道突然现身的光亮

谁是谁啊！河流融入河流。雨滴汇聚雨滴。雪花抱紧雪花
一个整体的自恋与分裂。一个肯定与否定的预想

2022. 08. 16

一首诗一经诞生

一首诗，一经诞生
人的痛感，就会部分地转移给它
就像一株高粱，能感受到燃烧
一朵浮云
湿度和重量，流窜着阴阳两极电流

它与人体完全分弃
成为独立的个体
我仿佛看到一个婴儿
没有了啼哭
他已习惯于无人照管

2022.08.20，午夜 11：12

茶竹流韵

再一次写到熟悉的小路，交织着大路
茶竹风把它吹起来
像琴弦在弹拨着天空
雨滴落向阴山。云朵也是
偏爱茶山竹海
远看山峦，像母亲的乳头
在雾中，那些竹叶、茶花
仿佛吮吸着母乳长大
而阳光，插进迷雾
插进鸟声和溪流
再流入每一棵竹木的根系

它们在唱歌。赞美不着痕迹
在心里如默祷
它们感念阳光雨露，不虚假
不厌倦。根系
始终与太阳的起落联系在一起
相信那里的小路，也会
被茶花拨动为琴弦。相信茶果
是另一枚，充满油脂和光谱的小太阳
而落日并未真正落下

一直被竹枝高高挑起，为夜晚的灯笼

千年汇成一首歌
万年合成一片海
每一棵树，都在海里游泳
都在上岸，爬山
它们头顶云朵的帽子、太阳的帽子
在集体攀爬。从谷底到峰顶
冲锋号和呐喊
发自每棵竹的竹节和根系

它们知道，生活不只是享受
消耗与消费不是目的
必须以密集的生长和奔跑
回馈阳光雨露的催生和滋养
它们不会拒绝阴影
正是阴影制造安静
加深了对光的理解
仿佛它们的心脏交织着路径
腹部和腰也成乐器的一部分

为撷取天空的蓝，梯子搭建在隐蔽处
为与太阳的询问合拍
每一棵竹都自奏为箫
每一株茶都自弹为琴

释放天籁，寄予山风云涛

2022. 09. 16

扼住自己

阻止滑往既定的方向
就像捂住一只墨水瓶的嚎叫

它的演绎或许没有意义
但阻止同样没有意义
承认即是放松
解除便是奔赴死亡

我一路走来
除在自己的规定内运行
没有人知道我有多快乐多痛苦
就像一只蜜蜂
不会知道一朵花的快乐与痛苦

2022. 12. 06

想到幸运这个词

一只红蜻蜓落到荷蕾上
这荷是幸运的
一个穿白衣的女子
站立桥头
这桥是幸运的

一群孩子，在草坪和天空玩耍
母亲的微笑，像湿润的阳光
这青草和云朵
是幸运的

仿佛它们不再老去
仿佛我们永远年轻

2022. 12. 13

第九辑

一粒谷种 （2023）

并非沉默

听到有人给石头打电话
也有人请石头喝茶
仿佛听到了回音

车辆来去
有人把石头请回家
我绕圈走过石头的通城
城门大开
又仿佛紧闭
听见沉默和喧嚣交织
同时凝固至永恒

来去找一只丢失的鞋子
仿佛在找丢失的自己
我穿巡在石头群像中：
"我在哪里？来二什么？"

石头永远沉默
永远喧嚣
我不动。站在沉默里
看见石像围绕我旋转

对我的疑问产生了疑问

终于想起我的欲求——
想请赵智凤喝茶
也想找他的錾子说话

2023.05.17

在大足宝顶

我和很多人，站在石像前
听解说员讲解石头的故事
石头也有被埋没的历史
受难转化的历史
被挖掘的历史
奉行孝道的历史
升腾辉煌的历史

他们相互照耀相互搀扶
与我们一样
静静地听解说员讲解
仿佛这些历史与他们无关
只是被解说员生动的表情
和好听的声音所惑动

我看到卧佛微有折动
观音菩萨侧身让我看她背后的故事
手臂延伸的故事
过去未来的故事
点化人们弃恶从善的故事

我被观音不灭的温暖感动
仿佛所有母亲的温暖从她那儿分发
仿佛所有的母亲都是观音菩萨

跟随着讲解员的移动而移动
所有的游人都跟着移动
只是石像们，像生了根一样
站立在原地，让过我们

他们永远看着，和深思这世界
这人类，这未来
对未来了然于胸
对生死明灭了然于胸
但他们闭口不谈
只是让过我们，侧身隐去

我一边走一边钉在石像面前
我想受到感化，把自己种下

2023.05.18，下午 3：10

跟着月亮而来

跟着月亮而来，必将
某一天跟着月亮而去
我抱着心中的块垒，一会儿叫爱
一会儿叫诗歌
我必将抱着它们，到
该去的地方去

这些地方，有的虽说认识
但不了解
一些地方，压根就不知道
只能叫疑惑
它藏有多个可能性

我将随疑惑而来，也必将
随疑惑而去。尽管它曾经
那么地熟悉我
且爱恨交织，到完全遗忘

我的诗歌未完。因为
我的内心，疑惑未消

2023.06.16，上午9 00

一片树叶

一片树叶，从风中穿过
就像一个人，从声音中穿过
相互切入

在风中捕捉到一种声音
在声音中捕捉到一个人
质地优雅
有别于往日的粗暴

同时，风穿过我的内心
它在捕捉我的心肺
对我的思想也有所触摸
抓住我的脆弱实施手术

风与树叶，我与风
形成相互关系，并对多面
进行扫描
没有感觉到疼痛
但能冷静地叙述

读一个人不妨做一缕风

进入风不妨做一片树叶
对彼此的深入，能抓住
时间的颜色和律动

但仅限于此时和此时的文字
能将彼此的瞬间捕获，并加以固定

我的心情和善，正如谁的吹拂柔软

2023.06.17，凌晨 5：15

在我身上存款的人

在我身上存款的人
最终会令他失望
我连一身骨气都存不住
别说底子面子是否干净

我与广场那头公牛
形似神不似
与大厦前那头雄狮
更不能相提并论
它们的背后有一尊大神
我却如一粒小沙弥

退到大门外广场外
退到后坡上，望云絮飘飞

一群大雁朝南飞去
像一排整齐的数字，飞出白纸

2023.06.21，晨 6：25

放弃与覆盖

放弃与覆盖可以医治伤痛
把坍塌挪一下位置
为修补昨天

我依然，以沉静面对生活
我的表面压住里面
新的一天，是对逝去的给出否定

我不是把每件事都能做好的那种人
愚蠢在我身上烙下印记
时间又赠我以遗忘
把我重新推向自信

我的疼痛能够转换为自足
它或许就是我存下的财富
坍塌与修复让我骄傲
跟随江水作滔滔不绝的回溯

我的果实在叙述中摇曳
你能知道它闯过多少刀剑
风啊，我借你做一贴膏药吧

有你的拂动，我百病皆除

2023.06.21，晨6：39

一声狗吠

一声狗吠，扩散到多远才能止住
它融于夜色，又将夜色
融于自身的皮毛中

警惕的吠叫，能逮住不易觉察的鬼影
谁能从它的吠叫中
搬出村庄，和瓦檐下窥探的眼神

我常常被这样的吠叫
冲击到怀疑自己
不敢夜行，更不敢靠近一只农家犬
怕真鬼摄魂，更怕自己被追成鬼影

狗吠声常在夜晚，将一弯灯火喊亮
炊烟安息，禾苴熟睡
只有我惊魂游荡。如今

我仍坐在一列老火车上
将老去的夜色，拉戍一条受伤的虚线

2023.06.22

心中有词

心中有词，就会像萤火虫
在夜晚的草丛中行走
把自身点亮的同时，也使
草叶和花朵
感到安静和温馨

可以想见，巨大的花瓣巨大的黑夜
积聚多少只，像我一样的萤火虫
吃着文字组成的词
灌装陈旧的，或新鲜的思想

如何将一朵花，从枝干的封闭中
顶出来
如何将这如墨的夜耗尽
那些如星星般的萤火虫
那些被粉碎的我
填充和消耗着这夜的滴答

我变身萤火虫
却不将自己举在草丛中
我习惯从一张纸一尊石头的内部

举着自己的光亮走出来
因为我怀着词。而词点亮思想

我与萤火虫，相互温暖
把对方举起在各自的天空

2023. 06. 22

一粒谷种

一粒谷种，长成一万亩粮田
我握着它，像握着自身的丰盈
像握着，一把早晨的鸟鸣

一粒谷种，从一万粒中培育和筛选
我握着它。使我想起
一切促使它发芽与成熟的物事
包括春风、阳光和溪流
它们融合为一股力
像爱、乳汁和微笑

这种力，同时聚积在谷粒中
我握着它。像攥着一只鸟
或一簇鸟的啼叫

我以自身为土壤拓展粮田
丰盈的想象，使自己活在现实之内外
远古和未来。都将以，一粒谷种衔接
我会隐去。一粒充满爱的谷粒
续写着具有，光辐射的星辰般的文字

一粒谷种，一个眼神，一颗迷人的子弹
或一缕，纠缠着花蒂与果实的软风
我握着它，将自身裹挟
我与发芽和生长共存
我也生病。但我会亢拒和自救
我会活过来，虚为一万亩丰盈的粮田

2023.07.09

庸常生活

这个上午，我处在鸟叫的间歇处
停止了变成鸟的愿望
林子在我身后。蝉鸣被一夜大雨浇灭

我是走出鸟叫和蝉鸣的，非早晨非夏天的
笼中之物。将自己从烦忧中解脱出来
过一个庸常的日子。写一些油盐柴米的诗

小奶狗按它固有的思维，在客厅鹅卵石装饰带
撒尿。这个烦人的家伙
惹恼了我们，正准备
将它送给一个愿意接收的保安

下一步将如何处置一只老猫和一群小猫
这是一只野猫闯入我家生下的一窝猫崽
形成的组合，更把我们拖入庸常的忙乱
给小奶猫找一户收养的人家，是当务之急

老婆出门去找医生看气喘
老妈在卧室的床上继续做儿时的梦

我在逃避着室外潮湿的噪声，躲在客厅灯光下
堆码文字。这个叫写诗。诗不是这个样子
它起码应该压缩到只保留精粹
我天马行空——只能将灵魂托出体外，不拘文体

一周来为写一片鸟啼，却不解其意
说是写鸟的争吵或争论，似不能这样妄加评议
不经意间，一枚果子从鸟鸣中跌落
就像一枚落日，从我的停顿中坠灭

摆脱困扰，是我写作的目的
文字不安求心安。不论诗否文否猫狗否
中午将近，必须去做饭
朝天椒还得上菜市去买
尽管茄子在厨房菜架已躺得不耐烦
但也需配对。也需对上吃货的胃口

东拉西扯是写诗的忌讳。中心不突出
枝蔓太多，是我诗中的痼疾
我清楚。但我无法对自己做手术

写诗写到乱写，是一生的悲哀
但醒醒脑玩玩自己也实属无奈
就此搁笔吧——

我突然发现一枚果子

从天花板坠落

如我，落在一个生病的棕色牛皮沙发上

2023.07.14，上午 10：41

重提消失

我插足了它们的谈话（或生活），而后退出
而后，才引起我重提和复入

原来，消失是那么重要。原来
在人间消散的，包括争吵、触摸和心跳
已转移到鸟儿中间——
它们的扭摆、眼神和鸣叫的扑闪中
包括那激越不可抗拒的声音的退却
浪花死亡，或灯火熄灭的声音

这些声音一旦站起来，就能压住
和消除我内心的烦乱，包括我的种种失败
……

2023. 07. 17

触　摸

我反复触摸一只坛子，也尝试着将它
移至不同方位，但始终
未离开我的视线。它在我不停的观摩下
发生了数量和质量的变化
仿佛我变成酒徒，或接近，或深陷

仿佛我变成了失恋者或者罪人。这些
或许到后来，我都给予了否定
我就是单纯地，把它置于教研的课桌
对它的质地，做出研究与判定

把坛子从我身体内拿走。同时拿走
我的性别、荷尔蒙
拿走我的怪僻和偏执。拿走我的误判
和暗恋，或某个时间段的迷乱与困惑
这时，我充当一名教员，或考古鉴赏者

这只坛子，它装着的肯定不只是寂寞
不只是火焰和冰
还有怀念和空响。然而，这空响
被堆积起来的，另一种啼叫充满

仿佛是逼近和重返我的饥渴：

更清晰、更明亮。像马蹄敲打在瓷片上

2023.07.17. 下午4：56

空　缺

这个空缺，是在一瞥闪电
一截目光消失之后的空缺

这个空缺，很快被遗忘充满
但不等于，空缺不存在
虽然，这个空缺，像某个人丢失了前妻
被新欢填满。但填与离之间
也出现过空缺。这个空缺，被什么填满

我们不仅在时间中看到空缺
在植物中道路中流水中，同样看到空缺

今天下午，就出现了无法填补的空缺：
我丢失了一个好的句子。主语或谓语
在我的骨质疏松里，丢失了动词
就像一个空洞的眼神或微笑，找不到
它的目的和意义

就像一瞥闪电。只对内心做出反应
其内部有什么在撕裂？空缺什么？它不作
解释。我也不能理解。要写一首

关于闪电和眼神的诗，我找不到恰当的词

缺失在我的身体里，就像一瞥闪电
对于天空的裂缝，拿什么去填充
怎样才能找回，这完好如初

我的内心收留了多少闪电和眼神
多少微笑，堆积如雪
它们的流失造成的空缺，拿什么去填补
中断进入和停止思索，底气何来
从丢弃中，我将自己救出。然而
此时的完整，能否填实彼时的缺失

一个下午，苦于思考
一个下午，像打劳碎片那样，将自己缝补
可无论怎样，都难以组成一个完整的句子
就像一瞥闪电内部的炽燃
一丝微笑内在的温润
我无论怎样努力，也无法找到

2023.07.19，下午5：14

我手里有一把钥匙

能打开不能打开的硬物。能打开
时间的包裹。
能打开，你头发举起的旗帜
头发里的生死更迭。能打开
时序的暧昧，你目光里的死结——
火焰与灰烬。而且，也能阻止和避让
你目光射出的子弹。取出弹药和毒素
让它射向他物，或者你自己

这把钥匙，我独有。就握在我的手中
尽管它粘有花粉和鸟啼的气息
尽管它的身体，粘有你唇上的胭脂味
尽管，我一直擦拭和收藏
它并未改变，它的特别功能和啸叫
它与你头发的旗语，一起啸叫

它就是一把，一直在啸叫的钥匙。一直
在对准你发射的子弹头

2023.07.22，下午5：51

花扣与叹息

这是两个不相关的事物
走在了一起。的确
我在叹息里看见了它。它的穿插
编成一朵自绕的花。这花在开与不开
之间
在空候之间、时字错乱

时间走向颓废和倒伏
稻谷倒伏于季节。季节陷于洪涝。是的
叹息发生于比。在无解中，自陷于花扣
或在扣结中巡回。左手穿过
右手。情感与情惑
寻求解脱之美。寻求一个，新的出路

一声叹息，挽在花扣里。花扣
陷进一声叹息。花，开与不开
纠结在这缠绕中。叹息久久不肯散去

2023.07.22，夜 1：03

我处在鸟叫和猫叫之间

我处在鸟叫和猫叫之间。后来
又添了狗叫。几种叫声，把我
当成树、林子、谷物，或亲人

是的。这些叫声，有时混在一起
有时分开。鸟叫最密集时，是破晓
仿佛，黎明的大门，是第一声鸟啼
推开的。只是开一点缝。然后
众鸟徐来，一起用力。此时
旭日跳出，天空大开，彩云满天
像一只巨鸟打开羽翼

当我起床，迎着这拂晓之光
打开后门，狗叫和猫，几乎
同时响起。细听，这"汪汪"具有极重的奶味；
这"喵喵"有年龄之分、性别之分
有奶味。也有木屑或草梗味
它们，或叫我主人。或叫我朋友
或叫我大哥、爸爸、爷爷
嘈嘈杂杂地叫道："我饿了——"

它们的叫声，几乎就知道"饿"。比人的
喊叫要单纯很多。但基本点，还是需求或欲望
这与曙光，多少有些相似
曙光撕破黑暗，穿透密林
急不可耐。可见需求之强烈

它被关闭了一夜。这与各种叫声关闭一夜
急于喊出来，是一致的需求
我每天，都顺应着
这些需求，要么拿煮好的食物
要么拿自己的诚恳或热情，喂养它们
反之，它们就好像，在喂养我

这是双向的。我的心门被多种叫声推开
同时，加入了霞光和花香
花朵也在用力。也是前门、后门
我都听到花朵的呼吸和喘息
各种声音，一起用力
我站起来，走出去。一座森林走出去

2023.07.23，晨三：38

一丝微笑

无须摘取，也无须剪辑。这微笑
从她的心底滑向面颊，再
从她的面颊，飘离到我这里

无须深究，这微笑的内涵
是甜是苦，是冷是暖
既然被我捕捉，我就将它收藏和锁闭

它应该是充盈的、跳跃的、窜动的
应该是一个叹词或其他，猝然地升温
应该是目光，对心灵磁性的感应
它的近邻，应该是讶异的尖叫

无论怎样，它被我捕捉。锁进我的目光
在这万分之一秒的时段中

然而。事实是锁不住的。我的目光
也会熄灭。它不可能被我锁闭。它的
本意，并不乐意被锁闭。它是

随意的、友好的、开放的。但它不是

一条任意被摆弄的昆虫，被你喂养

这一丝微笑，从她面颊飘离。或许
被她遗弃、遗忘，或掐灭。她的表情
或已被阴冷替代

这一丝微笑还在流动。就像燃油将尽的
推进器，在一节节减速。一节节冷却

这就是我看到的，从她身体飞离的暖意
包括那，万分之一秒的对视与辐射

对了。微笑尚被我惦记。无论是
在我手上或心上。我拿这一条冰冷的
锁链，套牢自己。然而
它已是逝去的如闪电般的锁链

它的母体先于它的出走而坍塌。我已
无法拼接破碎的原貌。她的原貌
也如她的微笑，或已改变
或已冷却。或已分散。或已不识

就这样，我被困锁在，万分之一秒的时段中
成为一条昆虫
与另一条，被我锁闭的标本，进行

无休无止的对话

2023.07.23，上午 9：46

在蝉鸣里挖出对抗和热

蝉鸣隐藏在我的皮庆里。把我
变成树，或一座森林

蝉在我皮肤里做窝，鸣叫
它的鸣叫是对交配的抗拒。却又是
唯一保持距离，以声音交配的异族
它改变着人们，对交配的认知

确能如此。它可以在鸣叫中繁殖，与它相似的
更多的翼虫，更多的鸣叫
它的叫声，加剧了对某物的需求
体内的燥热，大大超过了酷暑的燥热
像在嗨歌。像在蒸桑拿。像在大汗淋淋中
谈论爱情

这是一只发誓，酷暑不灭百草不枯
不肯罢休的狠毒的家伙
几乎把我身体所有的零件咀嚼为粉
把我的想法，改变为它的奢望

这个带着锯子、刀光的超级生物

它藏在树的皮肤里，直至把树锯倒
把火红的夏日击打到山下去
把积雨云锯开，把天空的雨神召来
下一场，倾天大雨
它的躁动才会停止，叫声才会淹灭

然而，它会复活。时段仅在喘息之间
俯仰之间，转瞬之间
它的鸣叫又开始了，先于夏日复升
后于晚霞跌落

2023.07.23，上午9：48

一根琴弦

一根琴弦，爱过和恨过多少根手指
与多少旋涡，谈过情诉过怨

一根琴弦，像一条江。冰冻了
那只是暂时的沉睡。一根琴弦
有时跟，一条蛇的曲线互绞
有时，或吃掉它

吃掉多少曲线的毒，吐出了
多少狐狼的狠。我从一根弦里
抱出一颗心，原是
一枚，屡遭磨难的卵石

它被，琴弦里的舌头，舔了又舔
直至光滑，如丝织的绣球
乖巧，从不生事，灭欲望于永寂

一根琴弦，跟着我走。跟着上山
入室。但不行窃
就是这一根琴弦
无论怎样，也不能阻止

河流一样的目光
将一枚卵石打磨

直至露出它柔软的内质。一条蛇
站立起来，与一根琴弦互扣
嘈嘈切切。这声音
既是卵石内裂的声音，也是丝绸苏醒的声音

一根琴弦，可以是一架软梯子
软床垫。也可以，是电光刀片
医用镊子。它能识别，和拣出
某人目光里的虫子

哦，与琴弦厮磨一生
我的指茧厚如岩石。谁是那琴弦里的雨滴
我不知道。不知道，累和痛哦

2023.07.26，上午10：39

变　化

我对变化这个词，进行了动态的测试
当我走近一匹山，一座林子，或一个湖泊
我会被它们的神秘所诱惑。比如：
山的巍峨青翠；林子的摇晃和密叶中透出的
一点点红和香
湖泊的蔚蓝和白天鹅，在天水之间拉长的影子
让我觉得，它们在天地间测试深度

倘若这青山是俊男，湖泊是情女，你走近他们
会不会被这迷离的色彩所迷惑

倘若在薄纱与薄纱间，看他（或她），是不是
有湖水漾动，天鹅鸣叫
一身翠绿和巍峨，会不会使你的心跳加速
仰慕之情，不能自抑

一个人如果陷入色彩而不能分辨，走进就是自困

如果你突然从双胛长出翅膀，有追月赴日的能量
腾云万里会是什么感觉？这与一个人的升迁
腾云驾雾，是否相似

如果，从一贫如洗到一夜暴富，你的眼光和心态
对昔日的同窗，小公主怎么看？他（或她）会不会
突然缩小尺寸

黄袍加身与金钱盈库，可不可以粉黛三千保镖数百
曾经的发小，会不会更小、更无知

一个人的升腾不止职务，包括一切领域所取得的
成功成就，都可以使人如坠云中，有一种飘飘然
的感觉。一旦从身上拿掉这些，就会荣光顿失
坠如脱兔，迅速将自己隐藏起来

如今，我倒羡慕那清水中的鹅卵石，荣辱风暴
急流险滩，仅存于它心中，成为谈资而不着
一点痕迹。平静地浸泡在遗忘里。什么样的诱惑
都无法触动它
什么样的美颜与威仪，天地变化，沉入它的内心
化为乌有

一盆清水，足够滋养一枚卵石。它光滑到，光彩
自溢而不自觉
大与小，亲与疏，对它而言，都是一样的
没有距离感。于是
我的一颗心，也似浸泡在清水中，如一枚卵石

2023.07.27，晨 6：02

在天空飞行的鸟

在天空飞行的鸟，把天空当成
书写的宣纸。它有时
像个逗号，歇息一下
直到我抬头仰望。它再继续书写
线条优美，意味悠长。但不可翻译
它几乎每天，都要从我目光里穿过

它发现，我在追寻它的轨迹。但它
仍然，每天，像手术刀一样
划过我的目光。它的开心是盲目的
或许是对观赏的一种条件反射

就像孔雀打开彩羽那样，自鸣得意
我观察的鸟在斜着飞，打着圈儿飞
偶尔鸣叫两声，像垂下一副软梯子

胃口被吊上去。像雨水，往上生长
对于一只能在我目光里做手术的鸟
一个从无意识，转变为有意识的鸟
它飞行的意义是什么

这要问空旷的宣纸。问那个逗号
停顿，和暂歇，意味什么
要问穿透目光的目光，这穿透是
什么意味？有疼痛有温度吗

一生看一只鸟在天空停顿、旋飞
固定。就像一滴墨一个岛
我已无法把握它的重量
但我肯定在承载它。这种

没有对话的对话
这种永远不能有身体接触的声音

2023.07.28，晨 7：37

一个结

一个结，就像一个拳头，握紧一场战斗
包裹着敌我双方力量的角逐。冲锋或倒下

就像一朵好看的火花。包裹着一千个呐喊
一千个死亡

我们看到，一个白热化的、死亡的渐进过程
就像绳结，晃悠在力量的角逐中
就像一枚卵石，将翻滚和咆哮，压进窒息的
内部，凝固成一个光滑的、凹陷的整体

一个拳头。一枚果子。一个呼喊。一个尖叫
一个浪头。甚至，一壁礁石
其内部都有这样的，正在绞杀与焚烧的声音
与力：都含有枪械的扳机，器乐的舌簧

拳头中的拳头。呼喊中的呼喊
痛苦中的痛苦。火焰中的火焰
灰烬中的灰烬。死亡中的死亡
道路中的道路。水口的水——
两种力的角逐与挫败，在加剧变化中

就像抗生素杀入病灶。靶向药注入癌
在身体内部，细胞与细胞，拼死厮杀

对于正在形成和拉紧的结，解开是困难的
就像一场混乱的肉搏，无法分清敌我，也无法
止息其冲突。无论其内外，除了紧张、惊骇
疼痛、绝望、死亡，还有什么

情形在进行和变化中。无论怎样
都只能是一个结，或结果：
双方交织的，难解难分的争斗，最后的胜利
或失败。松弛和放下，或许是一种失败
但仍是一种和解的途径
但结，依然存在。哪怕将一个故事搁置下来
成为历史

然而，一个由左手与右手，牵着的一根线
绾成的情感之结，如果丧失信心和耐心
就难以解开。就像一封旧信的暗示与抒情
被搁置，被尘封。然而，并未死去
哪怕当事双方，已经隐遁或者消亡
其谜底仍在沉睡和求解中。这是另一种结
悬在遗忘的时空，成为永久的问题

就像一个无头，对另一个发出质询。我们

将它折叠，置放在油屉里。把求解的渴望
交给蛀虫去啃咬、咀嚼，和消化
让它在一封旧信的，某一枚文字内部挖掘
最终形成一个河水的通道
这是解开一个结的不错的选项：能照见
嘶喊与死亡的最佳途径。无须找到源头

2023.08.01．凌晨 4：13

今 天

今天，我要对路人宽容。对自己
残忍。我要对失败进行切割
对骨头、动机、行动力，和欲望
进行切割

我要对失败的断面
物质的、精神的构成，进行深入的侦测

今天，我在切割中，受到自身的阻碍
我要对阻碍，进行切割和深探
要对逃避、软弱和绝望，进行深探
我受挫于误判，和犹豫不决
我的切割，对无视显然有用

我要对我的虚妄，强迫性行为
衰退的哀鸣，进行切割
我看到，流失与空洞在加剧
骨节，和信心，原来自上帝
然而，上帝对我的失败有所期许
他要将嘲笑，和蔑视赠予我

今天，我发狠对嘲笑不再抵制
而是包纳。我要对我信念的支撑
进行切割，和拆解

我的刀片，遭到严重的卷损
这无疑遭遇了真理与谎言的双层夹击
他们对切割本能的抗拒
使我，进一步认识他们
不在别处，就在我的失败里

我悟到不拿退却去迎娶尖利
整个下午，我以切割
收获剧痛。我对空洞的发现
正好填充了日益扩大的虚空

2023.08.01，中午12：27

我们之间

我们之间，隔着一层
薄薄的死亡：目光的无视，和
心的冷漠。曾经的热情和善意的
渴慕，死在血液了

目光，像退潮的水
像一根青藤，退回到泥土，消失在
种子里。像钟声，收回到青铜

死了。且这么透明地，被我触摸到
死了！那么自然，无足轻重
一切都没有了重量。包括生与死
加在一起，都消散在，这透明中

这种死。这种曾经沸腾的血与目火
死在深厚的遗忘里。就像空白的镜子
我向它，讨要我们的过去。但它
始终想不起——我是谁

2023.08.04，午后 2：29

昆 仑

我在一些诗词里，接触过它
这是个被修饰、被填充的山脉
仿佛比其他的，来得远些、陷得深些

我也走近过它。走近的时候
它更像一个神话。它的巍峨，更像
一个不可改变的真理

如今，我离开它很久了
它在我心中的重量，越来越轻
那些神话，像薄透的纸
我只看到，一片雪花活着
来到我的身边

一滴水，剔除了所有的瑕疵
它中间，坐着个不大的昆仑
仿佛已经死去

活着的，都已逃离——那些神话

2023.08.05，凌晨 4：17

那句话

他先于那句话冷却。好比
鸟语还在飞翔中，鸟已死去了

那句话，不因他的消失，而改变意义
实际上，是他背叛了它
或者说是他背叛了自己

我们不知道该相信谁。如相信那句话
我们将跟随它，继续飞
误终身，也许从一句话开始

然而，他在继续，甩出甜蜜的刀子
而他自己开始腐朽。面子上
或因为那些话，保持光鲜
事实上，云的面纱，会因一阵风揭开

不能轻看语言的杀伤力。甜蜜的毒素
更易深入人心

这个下午，我被一句话套牢
我在研究它呈现的形态

为什么墓穴，锁不住它的死

那句话，甚至可以穿越时间，在空中
游荡。并在不断地，擦拭着自身的光亮

2023.08.07，下午4：51，练笔

早晨，我用 10 分钟写诗

早晨，我用 10 分钟写诗
像在与鸟儿，争抢着什么
他们成群地鸣叫，像在华清池，拨动水响

有一群鸟啼，在争夺耳朵
有一泓翠碧，在分拆身体

可惜呀，字不近句。句不够诗
一只鸟儿，成为一个字
必须飞，10 分钟的距离
一群鸟儿，住进一首诗
一个早晨的时间
无法搭起，一座庙堂

错错杂杂的鸟语，切割着 10 分钟
句词散乱。更不提意义、主题
我的手指和大脑，飞旋如风
抬出琴键一按，也难以自胜

丢失不只是耳朵，还有思想
与辨识。这些鸟儿呀

对早晨 10 分钟，没有一丝退让
对床单的慵懒，不给半点容忍

10 分钟，无法凝聚我的神智
更别提，鸟鸣集聚的需求
把 10 分钟，拆散为毫秒
丝丝缕缕，皆为纠缠

一张大床，供养一群鸟儿争夺
一座森林，把我分桠：
枝与丫，插在空气、泥土，和鸟鸣中
催开芬芳的花朵

2023.08.05，晨 6:51

看不见林子

看不见林子，在我心中隐藏
看不见的鸟儿，在隔窗鸣叫
看不见的自己，活跃在纸上

如何将自己，拔出深谷
如何将鸟啼，从流水中救起
我面对一个圆月质询：
你为什么，与那只鸟相似
时隐时现？你的月光呢
泛滥一时，流淌一地，可没有一勺
是我可以带回家的

鸟儿啊，你暗藏深闺
就不应，潜入我的皮肤，饮我的血

多情的月亮，多事的鸟儿
将一泓静水，拂掠得沸沸扬扬

我挖我的骨头，如掬饮隔空的啼鸣
泼水难收。你去到一个隐蔽处
不可捉摸。如一座坟茔等候

多么瑰丽的馈赠哦

我应该拿什么，蚀透你

拿一万颗心，兑换你一丝回念

一万个窗开设在心口，迎候一万个

无头的空鸣。多情目扰

无情，将一轮新月，打入地下，裸泳

2023.08.07，晨 5：58

我在体内挖矿

大化小。小入微。我在体内挖矿
过些年。我会把自己
作为墓穴，埋在里面

那时，我成为无限空。那时，星星
移居到我的内部，做回忆状
由此看来，自身的空，可以
为他物腾出位置

其实，我的内部，已无值钱之物
即使有些存积，也与草根有关
爱已流沙恨已逝水，但并未达到惊心动魄
骨头的钙质所剩无几，大多已随一首诗去

我想，在那闪光里有你。我内部的黑
养着仅有的一脉矿石。很多的已逝的经历
压进了这一藏身之地。但又遭遇到
回忆的镢头和钻

我的钝器，挖到空。曾有的痛
已不痛。喜已不喜。欢已不欢。浪已

不浪

仅存一脉不语的黑，养着不再流动的闪电

成为不死

我从脚趾头往上挖。等于逆向溯源

等于去寻找诸峰、诸流脉。等于

去寻找诸露珠、诸雨滴。等于去

寻找诸风云、诸雷电。然而，它，它们

在顺着我的寻找，往上流失

脚趾。脚掌。脚踝。这些连接着心脏，肝

脾，肺的经脉

这些连着行走、奔跑、跋涉、跳跃的筋骨

顺着我的寻找往上，往深处

胃肠的深处，前列腺的深处，泌尿系统的

深处，以及生殖系统，进行深度的挖掘和寻找

然而，仅存在一线矿脉之中

这一线可直通，我的大脑、小脑、头盖骨

头皮以及旋涡状的发型。这些与矿脉有关

且被压缩变形，至无形。或隐形在

一脉闪电之中。而闪电，已遁入

矿石之核。包括不再陈旧和腐朽

的思想与灵魂。但那是未知之物

它们存在于无限的黑与空。挖

是我未竟之伟业

2023.08.08，晨6：31

一个下午

一个下午，我在一枚文字里抽丝
了解它结茧的远程，经历些什么

一个疑问，可以抽出无尽的丝
可以从，茧里抽出一个有，或无性别的人来

这个有、无性别
很重要。我要抽出一个，过程的变化

一个下午，我都在呼吸。我的
精力太过集中。几乎在呼吸中
停止呼吸

我被一枚文字迷惑已久。于是，我呼吸它
我对它的穿戴，和自身携带的锁感兴趣
对吸附和逃离的，有无意识，有深入了解的冲动

我以呼吸，找出他（或她）的真身
结茧的实质：到底要躲避什么
对躲避我，或催发了好奇。于是我呼吸
他（或她）的初衷：端头，直至结尾

我一直在呼吸着一根银亮，柔软的丝

他（或她）。或我自己——

一枚陌生的，不太熟悉的文字

2023.08.08，下午4：50

掉落到树枝上的雨滴

掉落到树枝上的雨滴，要想回过头去
寻找母亲，似不可能
要弄清母亲丢弃雨滴的本意很难，但
可以推测：雨滴的母亲，一定是一位
决绝、有主见的母亲

这是放养，而不是圈养。方式决定了
它的未来，决定了它的有前途，或无前途

从它们的发展，我看到母亲的远见，与伟大
从一条滚流，我看到活跃的、无视生死的雨滴
我看到雨滴的反折和外延的羽翼
我看到一滴雨，扩大为雨幕
扩大为万物之母

一滴雨的升降，如我倾心的旋律
我看到树根和果子，对于雨的饥渴
雨滴，或许可以，做日月的帷幕，或衣裳

这是雨滴的母亲，亭前想到的
它们的前景。雨滴的母亲，在雨滴的追述中

我们已经知道：它就是大海

2023.08.08，下午 6：04

读名画《陶》

少女的手臂，引领着目光
河流一样，把住罐子
这能说明什么

将少女的柔和、浅浅的微笑
与罐子联系起来
才能找到一丝头绪。但罐子里的黑
与空寂，却又将目光消损

这时，我动用猜想。但
猜想，仍被拒绝
我与那只罐子对峙
似乎，她不讲述，我们就别想离开

她的柔和与微笑，永不萎谢
身姿半裸，分散着我们的注意力
面庞、鼻梁、眼眸，透射出
少女的光泽。并非向我一人
而是向公众开放
我抱有，被忽略的卑微

站姿，像内敛的花枝
发出锁匙的碰响
她向我们讨要什么
抿紧的唇，等我开口说话吗

再次将目光转向罐子。并未
看到倾倒之物，也未听到流响
反而，觉得她在吸附什么

仿佛，山不再稳重。流水回头
星月成流液
被那只罐子，内在的空旷吸入

这是一幅什么画？虚无，而实在
消损着我们的心智
她在不断复制自己
使消损，逐步扩大。当然
她的柔与美，也在扩大
月光一样捕捉我们，而不计成本

2023.08.10，凌晨 4：46

乡　坝

童年的乡坝，和今天的乡坝
隔着一段变迁的时光。但鸡啼声
可以跨越

它在丈量着时光变迁的长与宽
同时，也在增添鸡鸣的厚度，并
涂改它

它经历了贫穷。它的底色不能忽略
虫子、草根，和泥土。同样，饥饿
可以填塞它的胃，和擦亮它的嗓子

一只鸡带动一群鸡鸣叫。我走在乡坝
的路径，收集着雄鸡的羽毛和爪印
它的翅膀扇动，并扩展着乡风
它的鸣叫，抬动着棺材。这棺材
收殓了我的童年，并把球形闪电
一并入殓。如今

重提鸡啼。仿佛掀开一层厚土
我的童年，和球形闪电还活着

鸡啼声尚存。只是变了声调。所有的动物
活到今天都变了声调：高贵、挑剔，但可以
合作。鸡犬相闻，亦可往来和相拥

遗憾的是：鸡啼富含抗生素。洋味浓了些
土味减少到极致

2023.08.10，下午4：49

对　望

摘果子的人，与果子
互相对望。他们之间的距离，正好
是蝴蝶通过、张望的距离
蝴蝶说：此时段的空气
有别于其他时段的空气：坚硬、柔韧
仅留给自己，一条容许通过的窄缝

这微妙的变化，只能说
来自采摘与被采摘之间的对峙
使空气产生一种紧绷感
使蝴蝶的飞行和张望受到阻滞，或感染

不仅蝴蝶。连鸟儿，也担心起它的鸟窝
树叶，也特紧张地，抓紧了树枝的颤动

一棵树都摇动起来。这时，不难想象
树上的果子，是怎样的心情
（问问待嫁女，也许能解读这种心情）

也许，这仅是其中，一种心情
还有多种：包括面临刀子

被切开的兴奋与恐惧

逃离树枝。把成熟与美妙献给新的情景
或者，以一种痛，去替代另一种痛
以一种活法，去替代另一种活法。或者
以新鲜，去替代麻木
以一种死，去替代另一种死

然而，这种死，是刺激的快乐的
浪涛撞击礁石的，浪花的死。是一种
迟滞的缓慢的，具有一定长度和张力，注入
兴奋剂的拉抻的死
一句话：不是单一定义的死

其中包括甜蜜、紧张、切割、拆卸
分散、聚拢、昏迷、苏醒、回忆，和回味
以及，重试死亡的全过程。这个
过程的死，高于树枝上的等待，或腐烂

果子的战栗和选择，出自诸多想法
这种纠结，与摘果子的人达成默契
这种默契越是迫近或靠拢，这树、树枝、树叶的
颤动就越厉害。这与蝴蝶遇阻时的感觉相似
但无论怎样，也无法与果子心情的复杂相比

这种紧张，引起蝴蝶的不适：或迟滞或徘徊
为自己解惑，或许成了蝴蝶此时探寻的课题

这个时段并不太长。却长过所有其他时段
它牵动多方
包括：平静覆盖下的风暴与旋涡

而这复杂的瞬间，正凝聚在采摘的指尖
和果子面对刀尖的瞳仁

2023.08.11，凌晨4：21

要什么

向雨滴要一副嗓子。向跳僵尸舞的女子
要身体的自由
向林子要雨后，清新的空气
向白云要它的宽厚
向落日要返回的愿望

我一直在向大自然的阴阳伸手
我的手，从篮子的囚禁里伸出来
从某人的琵琶声里伸出来。我在阴影里
翻土。埋种子。我的手
从种子里伸出来。我的种子

是眼睛，是鹅卵石，是一粒子弹
我的手，从子弹里伸出来。我掌握着
子弹的射程和目标。我的手从射程中
不断伸出。像，不断拱出地皮的树苗

我向早晨要阳光。向积云要雨水
向蝉鸣要焦渴。向五步蛇要毒液

我不知道，向谁要贪婪，要伪装

这是一条死路　需要停顿或折转。因为
要死，很容易　只要继续作恶

我要回头。我要活。我要重新练习减法

2023.08.12，下午5：00

脚　印

你的离去的佐证，是一个脚印
而我，用来哭泣和纪念的，也是这个脚印
它没有跟随你，老去
它的性别和性情，保持完好

你的这个脚印以外，是茫茫四野
你在此停顿，是否留下犹豫
向前一步，你就消失了
唯有眼前这枚脚印未被大雪覆盖

唯有这个脚印，保持着应有的温度
我无法测出你隐遁的方向
但我能从这枚脚印深入。深入到
你放弃的决心。经过多么周密的思索啊

我仿佛看到你的灵魂，在挣脱一个茧
而你，终于从这个茧出逃了
我知道你出逃时，仍然轻盈
白天鹅驾着你，自身的月亮带着你
像嫦娥一样，把一道影子，拖曳在雪地上

而脚印，仅剩下你飞离时留下的这一个
只有这个脚印，能感觉到重量，和
你抛下所累积的一切的决绝之心
并有必要再向深处挖掘。就把这个脚印
作为一个纪念章吧！或者
把它凿成一道窗，往过去回望

2023.08.14，凌晨 6：09

表情就是语词

她（他）面庞的表情就是语词。眼睛的波光
使我的语词陷于贫困。诗歌的表达迟滞
我像逃避风暴一样逃避它，或它们组成的
阵容。这

大海、深空一样的表情，无物不化
无物能抵抗，这寒暖乍变。这眼睛
秋水盈盈，爱恨交加。有时
近乎空洞。像墓穴。也像幽闭的外太空

充满着变幻的、未知的语词。只恨我词汇太少
无法应对这既丰盈，又诡异的脸颊，及脸颊上
嵌入的鬼眼。一道山梁分开两泓泉眼
也分开阴阳两面。这是一个外表美艳
内心奇诡的，我的捕捉者
我难以应对。即使回避语词，却无法
抹去感受。一上午时间全废。一上午
我被固定在懊悔里。一上午吐不出一枚文字

一上午，把自己吊成钟打

2023.08.14，上午10：28

蜜里有个虫

蜜里有个虫。这是孕的意思
包孕，是一个由花朵变为果实的过程。是孕育
新事物、新思想、新期待的过程
这种巨变的内部，有风清月白，也有惊涛骇浪
有幸福甜蜜，也有恐惧苦涩。变，是粉碎到重组
的过程。从朵到果，这开与合生出甜来

只有打开，接受春风的抚摸，才叫花朵
只有与蜜蜂亲密接触，才能生出未来

步骤是渐进的。就象初恋到深恋。就像
抚摸到做爱。吮吸和被吮吸，促成两情相悦

第一道工序是原产品。是熔炼的结果
第二道工序是深加工，是理想的婚姻和家庭
是和顺。这深入推进的创造过程，蜜蜂一一经历
蜜蜂在实践着，对花朵的承诺

蜜蜂之于花朵，所以为金身，就是它信守诺言
是一位有责任感的丈夫，与父亲
忙碌搬运、筑巢酿蜜，直至累死。蜜蜂的精神

是可贵的。深得花朵的依恋和依赖

我们看到一个甜的世界。一个创造的、新奇的
世界，就在花蕊里。就在果实里。这果实
不仅包孕着未来，也卧着一只金色的蜜蜂

果实与花朵，再次起飞，是肯定无疑的
新的风暴，又将开始

2023.08.16，凌晨5：14

附：评论

对一个字的偏爱

——吴海歌诗歌印象

刘清泉

认识海歌应该有十年了。第一次相识的具体时间、地点记不清了，但一个穿西便装、话语轻缓且偏少、文质彬彬又深藏故事的形象一直在脑海里，后来又相见了多次，这个形象亦多次被固化，一点也没变，相当坚挺。十年过得很快，感觉时间没怎么冒泡，却不能证明这世间平淡似水。就像海仍然在歌唱，海歌主编的《大风》诗刊仍然在吹着"大风"。支撑这一切的，其实都归结于诗，归结于海歌作为诗人的那份执念，以至于外人很容易就忘了他已步入古稀之年。捧读海歌这本时间跨度将近十年（2014—2023）、诗歌数量三百余首的最新诗集，我最直接最强烈的感慨便是"老夫聊发少年狂"。

清人薛雪以人之性情判诗之风貌，说"畅快人诗必潇洒，敦厚人诗必庄重，倜傥人诗必飘逸，疏爽人诗必流丽……拂郁人诗必凄怨，磊落人诗必悲壮，豪迈人诗必不羁，清修人诗必峻洁……"，且断言"此天之所赋，气之所禀，非学之所至也"（《一瓢诗话》）。这有一定道理，但也未免失之于简单"粗暴"，以此观海歌之诗，印象难逃"刻板"。事实上，人之性情总体稳定但也会变动不居，人之诗亦如此，人诗相合或相反，都属正常，因为写作的动机和取向本来就有至少两个：一是宣泄，一是隐藏。海歌的诗内容丰富，题材广泛，写法多样，情趣多变，很难概全，但诗人在累年的写作中有所偏爱，却是不争的事实，读者可以借此窥探其行止，勾画其精神。

"老夫聊发少年狂"，我的意思是：一旦老夫狂起来，其实也就没少年什么事了。一首近百行的《再说吻》，尽显海歌之"狂"。诗人虽然强调"我重提吻，只是出于自救和救他/作为研究者、探讨者出现在你们面前"，但"吻"这个问题并非现在才出现，而是自少年时代迤逦而来，如影随形，"彼时的唇和此时的唇大相径庭/难道只是时间关系吗""火从哪里来/谁是纵火者？唇与舌有什么不同于现在""用水去质问雪：为什么当阳光袭来/你那么容易崩溃？""今天，同样为唇舌之谈/它为什么冷如凝雪，去如逝水/是谁在投放或抽取什么"……为了一探究竟，海歌不惜"重蹈覆辙，以身试险"，只为"在清醒中研究/唇与舌远离火的那种清醒""把火焰还原为水，再退回到冰/一直追溯到源头/找出本源出于谁又被谁改变/谁是编剧谁是导演"，结果却发现"我似乎既是罪犯，又是侦探""我在讲述：一个自救和救他的故事/一个从酒退为水的故事/一个抽走阳光的雪的故事/一个冰与琥珀的故事"。说到底，这就是一个光阴的故事，一个"冰火两重天"的故事：从年少"沉迷"到如今"得到解放，而远离沉迷"，从"当年那个痴妄者"到"现在是医生"，再到"被抽空荷尔蒙的旁观者、诉说者和告诫者"，诗人在其中"保持着清醒"，当然也少不了一部分无奈，以至于诗人聊以自慰地说出"适可而止或有益于健康"。可见，爱是世间恒定的主题，情是诗人追索命运的"钥匙"和"开关"，而爱情无疑是诗歌之所以无可替代的"终极秘密武器"。

正如海歌在一首诗中所说："最后与最初的情爱/好比将墓穴，整合成一粒纽扣"（《嘴唇飘浮在空中》）。年届七旬的诗人，透过诗句想要告诉我们的，早已不是一个"狂"字可以涵盖的。我能明显地感觉到，海歌最近的诗多了"过尽千帆皆不是，斜晖脉脉水悠悠"的寥远况味，多了沉思的深刃、追问的尖锐，也多了对诗歌本身的观照与检视。也就是说，回身反顾构成了海歌最新诗歌的基本势态，而"她"一直是一个无法忽视的存在，总是处于海歌的视觉中心。站在岁月的峰峦之上，诗人选择"停顿"为起点，"为突破俗体发起攻击"（《停顿会引来什么》），把自己"深埋"在"月光做成的坛子"一样的"天地间"，以如此别致的方式"把自己固定"（《形式》），也把"她""山猫""颜料""闪电""玫瑰""雪""石头"等人物、事物以及若干"问题"推送到面前，细细打量，切切问思。在诗人眼里，"她"是一切问题和结果的根源，"她"是母亲、妻子、情人、女儿等的综合体，是孕育和生产，是有和不灭——"在她身上，存在对称的美学/连抖动也是一致的""她太能生育了。让上帝自愧不如/太能笑了。像被关锁在彩霞里"（《在她身上》），"从她被孕育，就已在孕育他物/与周围发生着关系"（《一缕音韵》），正因为如此，"我们只能看到她的某一部分/喜悦或忧伤/骄傲在鸥鹭的审视下丧失/观察者也不例外/他的消失可能先于桥头，她的消失"（《看见她》）。诗人对"她"的感情是复杂甚至变异的，犹疑、矛盾、冲突随处随时可见。

也正是在此基础上,诗人借用一首《谁》,发出了来自灵魂的一次次诘问:"谁啊,装着小心眼小心思""谁啊,载着若干个自己,若干个可能性""谁是谁啊!在推动着一个旋涡,奔赴一个旋涡""谁是谁啊!河流融入河流。雨滴汇聚雨滴。雪花抱紧雪花/一个整体的自恋与分裂。一个肯定与否定的预想"……有答案吗?答案重要吗?我想海歌恐怕也从未期冀从中得到响应,他只不过是企图安顿"无法安顿的灵魂"(《无法安顿的灵魂》),趁机"对自己进行一次清理":"必须将我的四肢、脏腑/包括思想、灵魂在内的躯体/进行一次大拆卸、大清洗、大组装",目的在于"让我放下心来""让思想变轻松、明朗些/灵魂被洗涤和晾晒,像新床单一样白净/没有污迹"(《对自己进行一次清理》)。

海歌非常清楚,"时间是慷慨的也是吝啬的""时间哦,碎玻璃一样砸向我。把我分裂和拥有"(《关于时间》)。我注意到,与此相类,海歌还写了《谈谈具体的丢失》《说到雪》《说问题》《说玫瑰》等多首以诗立论的篇什,用"单薄的影子""求证影子的深度和宽度"(《求证》),想来无外乎是要"借此环顾人心",营构诗人自设的诗意闭环。在我看来,追问与沉思,本来就是"揣着明白"和"装糊涂"的关系,诗人是沉着的、睿智的,冷静中甚至透出了冷酷,心知肚明,洞若观火。就像他在《一个人穿过死亡会看到什么》里描述并挑明的那样:"原来的你已彻底地不存在了/只以一个空占位,让上帝今后有事干""人不必知道这一切,包括死亡后的事/否则，人就不是人了"……

颇有意思的是，海歌对诗歌一直是有思想、有观点、有方法的，他以诗谈诗，很敏感，也很尖锐，不论是关于诗歌阅读，如"读取是误入。深入却不能自救"（《读诗》），还是关于诗人的豪情与壮怀，如"纸上的春天/覆盖世界版图/任我的想象，穿越一百遍"（《在诗中》），抑或对现代诗歌完成度、整体性的理解，如"一首诗一瓢水，不能冲走淤积心里的泥沙/也不能缝合身体的坼裂/我们就续接大海和波涛/借蝉鸣在我们的身体挖坑/挖隐埋的文字，续写和释透多重疑问"（《一首诗不够就续写一首》），以及延伸到诗歌与诗人的关系乃至诗歌传播的譬喻，如"它与人体完全分离/成为独立的个体/我仿佛看到一个婴儿/没有了啼哭/他已习惯于无人照管"（《一首诗一经诞生》），无一不具有启发作用和借鉴意义，耐人寻味。比如在一首题为《词》的诗里，他这样写道——

曾经感受过这样的词——
飞行如同做爱
把恐惧抱在心中。全身赤裸
静与动，像褪去羽毛的一对

闪电撕裂天空。词具有这样的能力
把活体置于墓穴，体验天堂
把完美置于两岸的绝望

从生命尚未出现时，耐心已置

词把花朵，从树枝里喊出来

将爱与死亡，置于焚烧

灰烬的雕塑，唱着飞翔的歌

这里的"词"，其实就是诗歌语言。海歌赋予诗歌语言高度的形象化，精准再现了"静与动""完美与绝望""爱与死亡"，对被誉为"文学皇冠之上的明珠""文学中的文学"的诗歌再一次进行了生动且不失深刻的诠释——诗歌即语言，语言即诗歌。

清人王鸣盛（号西庄，"吴中七子"之一）有云："所谓诗人者，非必其能吟诗也。果能胸境超脱，相对温雅，虽一字不识，真诗人也。如其胸境龌龊，相对尘俗，虽终日咬文嚼字，连篇累牍，乃非诗人矣。"我深以为然。以此观海歌，不仅人"胸境超脱"，而且诗质量双丰，无疑是名副其实的"真诗人"。海歌的这本最新诗集，大致按写作年代分为九辑，其中数量最多、题材和内容最为丰盈的当属第七辑、第八辑，可谓琳琅满目，集中反映他的写作风貌，也凸显他"对一个字的偏爱"。至于这个"字"究竟是什么，无须我妄言，想必读者诸君心中已自有定数，不妨悉听尊便……

2023.04.01，草于重庆大学城

（刘清泉，诗人、评论者，重庆市沙坪坝区作协主席，重庆新诗学会副会长，现在重庆师范大学美术学院工作。）